法藏知津

七 編

杜 潔 祥 主編

第 18 冊

佛禪與白居易詩歌創作研究（下）

嚴 勝 英 著

花木蘭文化事業有限公司

國家圖書館出版品預行編目資料

佛禪與白居易詩歌創作研究（下）／嚴勝英 著 -- 初版 -- 新
北市：花木蘭文化事業有限公司，2021〔民110〕
目 4+164 面；19×26 公分
（法藏知津七編 第 18 冊）
ISBN978-986-518-203-8（精裝）
1.（唐）白居易 2.唐詩 3.詩評
820.91　　　　　　　　　　　　　　　　109010839

ISBN-978-986-518-203-8

9 789865 182038

法藏知津七編
第十八冊　　　　　　　　　　　ISBN：978-986-518-203-8

佛禪與白居易詩歌創作研究（下）

作　　者　嚴勝英
主　　編　杜潔祥
副總編輯　楊嘉樂
編　　輯　許郁翎、張雅淋　美術編輯　陳逸婷
出　　版　花木蘭文化事業有限公司
發 行 人　高小娟
聯絡地址　235 新北市中和區中安街七二號十三樓
　　　　　電話：02-2923-1455／傳真：02-2923-1452
網　　址　http://www.huamulan.tw 信箱 service@huamulans.com
印　　刷　普羅文化出版廣告事業
初　　版　2021 年 3 月
定　　價　七編 29 冊（精裝）新台幣 86,000 元

佛禪與白居易詩歌創作研究(下)

嚴勝英　著

目次

第五章　色空觀與白居易的詩歌創作

　　色空觀是白居易觀待世界的重要方式，膾炙人口的《長恨歌》則是白居易空觀照物的實踐成果。本章將詳細考察白居易色空觀的觀照方法，並以《長恨歌》為研究對象，考察色空觀視野下《長恨歌》遊戲三昧的即色書寫方式和以色觀空的創作意圖。

第一節　色空觀與白居易的詩歌意蘊

　　色空觀是白居易常用的觀照方法。蘇轍曾用「照諸幻之空」來評價白居易：「樂天少年知讀佛書，習禪定，既涉世，屢憂患，胸中了然，照諸幻之空也。」〔註1〕道出了白居易空觀照物的事實，是非常有見地的點評。

　　色空觀是佛教般若係重要的觀照方法之一。《金剛經》中「一切有為法，如夢幻泡影，如露亦如電，應作如是觀」〔註2〕和《心經》

〔註 1〕（宋）蘇轍著，陳宏天、高秀芳點校：《蘇轍集》第三冊，中華書局1990 年版，第 1114 頁。
〔註 2〕賴永海主編，陳秋平、尚榮譯注：《佛教十三經‧金剛經》，中華書局2013 年版，第 114 頁。

中「色不異空，空不異色，色即是空，空即是色」〔註3〕都強調「性空幻有」，雖然從名相上承認「幻有」，但從究竟的意義來說一切都是「性空」。《中論》從緣起法的角度來闡釋空性，卷第四云：「未曾有一法，不從因緣生，是故一切法，無不是空者。」〔註4〕一切皆依眾緣和合所生，萬物皆是空無，性無真實。

　　白居易的《念金鑾子二首》其二云：「形質本非實，氣聚偶成身。恩愛元是妄，緣合暫為親。」〔註5〕《自詠五首》其一云：「形骸與冠蓋，假合相戲弄。」〔註6〕兩首詩皆認為人就是「氣聚」或者「形骸」與「冠蓋」和合而成，沒有真實存在的人。很明顯，白居易受到了「緣起性空」的影響。白居易還試圖直接探討空性的起源，他在《重酬錢員外》中說：「本立空名緣破妄，若能無妄亦無空。」〔註7〕探討萬事萬物的存在源於顛倒妄想，空性的提出是為了對治妄念。可見白居易對於空性的瞭解已經深入到義理層面，這是我們討論白居易空觀觀照下詩歌寫作的一大前提。接下來我們來看白居易的詩歌是如何體現色空觀念的。

　　「色空」是白詩經常提到的詞彙。如下面這些詩句：

　　　　彼此皆兒戲，須臾即色空。〔註8〕

　　　　絃管聲非實，花鈿色是空。〔註9〕

〔註3〕賴永海主編，陳秋平、尚榮譯注：《佛教十三經‧金剛經》，中華書局2013年版，第131頁。

〔註4〕（隋）吉藏疏：《中論‧百論‧十二門論》，上海古籍出版社2011年版，第62頁。

〔註5〕（唐）白居易著，謝思煒校注：《白居易詩集校注》，中華書局2006年版，第797～798頁。

〔註6〕（唐）白居易著，謝思煒校注：《白居易詩集校注》，中華書局2006年版，第1682頁。

〔註7〕（唐）白居易著，謝思煒校注：《白居易詩集校注》，中華書局2006年版，第1083頁。

〔註8〕（唐）白居易著，謝思煒校注：《感悟妄緣題如上人壁》，《白居易詩集校注》，中華書局2006年版，第1949頁。

〔註9〕（唐）白居易著，謝思煒校注：《酒筵上答張居士》，《白居易詩集校注》，中華書局2006年版，第1942頁。

泉噴聲如玉，潭澄色似空。〔註10〕

臨高始見人寰小，對遠方知色界空。〔註11〕

欲悟色空為佛事，故栽芳樹在僧家。〔註12〕

白居易還有很多詩作蘊含著色空觀的義理。如《感芍藥花寄正一上人》云：「開時不解比色相，落後始知如幻身。」〔註13〕詩人感歎這些芍藥花開放的時候尚不領悟，開放的時節還在跟別的花比較誰更美麗，凋落的時候才知道此身只如幻相，一切皆是一場空，並不是真實的存在。這裡既觀待芍藥也是觀待自身不過是幻相，一切本空，終歸寂滅。其他詩作如《夢裴相公》：「自我學心法，萬緣成一空。」〔註14〕另如《風雨晚泊》云：「茫茫萬事坐成空。此生飄蕩何時定，一縷鴻毛天地中。」〔註15〕又如《即事寄微之》云：「飽暖飢寒何足道，此身長短是空虛。」〔註16〕再如《歲暮》云：「中心一調伏，外累盡空虛。」〔註17〕皆了悟天地間本來無一物，空性才是實相。白居易在去世前一年所作的《齋居春久感事遣懷》，則直言自己修習空觀，因而體察到妄念不過是客塵，「賴學空為觀，深知念是塵」〔註18〕。

〔註10〕（唐）白居易著，謝思煒校注：《題噴玉泉》，《白居易詩集校注》，中華書局2006年版，第1981頁。

〔註11〕（唐）白居易著，謝思煒校注：《登靈應臺北望》，《白居易詩集校注》，中華書局2006年版，第1969頁。

〔註12〕（唐）白居易著，謝思煒校注：《僧院花》，《白居易詩集校注》，中華書局2006年版，第2092頁。

〔註13〕（唐）白居易著，謝思煒校注：《白居易詩集校注》，中華書局2006年版，第1049頁。

〔註14〕（唐）白居易著，謝思煒校注：《白居易詩集校注》，中華書局2006年版，第790頁。

〔註15〕（唐）白居易著，謝思煒校注：《白居易詩集校注》，中華書局2006年版，第1385頁。

〔註16〕（唐）白居易著，謝思煒校注：《白居易詩集校注》，中華書局2006年版，第1450頁。

〔註17〕（唐）白居易著，謝思煒校注：《白居易詩集校注》，中華書局2006年版，第612頁。

〔註18〕（唐）白居易著，謝思煒校注：《白居易詩集校注》，中華書局2006年版，第2803頁。

　　般若空觀包含人無我和法無我兩個層面，即我空和法空，第一層是「於色破色」即「空色」，第二層是「於空破空」即「空空」。白居易的空觀涵攝了我空觀和法空觀，如《盧山草堂夜雨獨宿寄牛二李七庾三十二員外》云：「唯有無生三昧觀，榮枯一照兩成空。」〔註19〕「兩成空」暗含著「我空」和「法空」兩層意思。

　　白居易經常觀照我空，體現為觀身空和觀心空兩方面。作於開成五年（840）的《自戲三絕句》就是這一觀照方式的應用，其中《心問身》云：「心問身云何泰然，嚴冬暖被日高眠。放君快活知恩否，不早朝來十一年。」〔註20〕《身報心》云：「心是身王身是宮，君今居在我宮中。是君家捨君須愛，何事論恩自說功？」〔註21〕《心重答身》則云：「因我疏慵休罷早，遣君安樂歲時多。世間老苦人何限，不放君閒奈我何？」〔註22〕在細緻剖析「我」的身與心後，白居易逐步看到了空性的實相。如作於開成五年（840）的《閒居》云：「唯寄空身在世間。」〔註23〕提出「身空」，長慶三年（823）所作《早興》云：「睡覺心空思想盡，近來鄉夢不多成。」〔註24〕提出「心空」。另外，《酬錢員外雪中見寄》云：「報導心空無可看。」〔註25〕《郡齋暇日憶盧山草堂兼寄二林僧社三十韻多敘貶官已來出處之意》亦云：「心

〔註19〕（唐）白居易著，謝思煒校注：《白居易詩集校注》，中華書局2006年版，第1400頁。

〔註20〕（唐）白居易著，謝思煒校注：《白居易詩集校注》，中華書局2006年版，第2683頁。

〔註21〕（唐）白居易著，謝思煒校注：《白居易詩集校注》，中華書局2006年版，第2684頁。

〔註22〕（唐）白居易著，謝思煒校注：《白居易詩集校注》，中華書局2006年版，第2684頁。

〔註23〕（唐）白居易著，謝思煒校注：《白居易詩集校注》，中華書局2006年版，第2812頁。

〔註24〕（唐）白居易著，謝思煒校注：《白居易詩集校注》，中華書局2006年版，第1648頁。

〔註25〕（唐）白居易著，謝思煒校注：《白居易詩集校注》，中華書局2006年版，第1082頁。

空是道場」〔註26〕。白居易還提出身心兩空，《詔下》云：「我心與世兩相忘，時事雖聞如不聞……更傾一樽歌一曲，不獨忘世兼忘身。」〔註27〕將身與心一同拋開，兼忘身心，發出了超塵拔俗的深思。

白居易也常觀照法空。其《送李滁州》云：「未悟病時須去病，已知空後莫依空。」〔註28〕開始時應於色破色，一旦證悟空性則連空性都不要執著。到最後就能做到不在內，不在外，亦不在中間，不執著於任何一端，了無掛礙，其《自在》云：「內外及中間，了然無一礙。」〔註29〕

受色空觀的影響，白居易認為文字也是空性的。白居易直言「文字本虛空」，他在《和李灃州題韋開州經藏詩》中云：「菩提無處所，文字本空虛。」〔註30〕當然，白居易所持有的文字空觀並非完全摒棄文字，他在《贈草堂宗密上人》中云：

　　吾師道與佛相應，念念無為法法能。口藏宣傳十二部，
心臺照耀百千燈。盡離文字非中道，長住虛空是小乘。少
有人知菩薩行，世間只是重高僧。〔註31〕

白居易認為言空道無，並非全盤摒棄文字。雖然「諸佛妙理，非關文字」〔註32〕，但是「一切經書，及諸文字，大小二乘，十二部經，皆

〔註26〕（唐）白居易著，謝思煒校注：《白居易詩集校注》，中華書局 2006 年版，第 1434 頁。

〔註27〕（唐）白居易著，謝思煒校注：《白居易詩集校注》，中華書局 2006 年版，第 2329 頁。

〔註28〕（唐）白居易著，謝思煒校注：《白居易詩集校注》，中華書局 2006 年版，第 2561 頁。

〔註29〕（唐）白居易著，謝思煒校注：《白居易詩集校注》，中華書局 2006 年版，第 2332 頁。

〔註30〕（唐）白居易著，謝思煒校注：《白居易詩集校注》，中華書局 2006 年版，第 1448 頁。

〔註31〕（唐）白居易著，謝思煒校注：《白居易詩集校注》，中華書局 2006 年版，第 2367 頁。

〔註32〕該句不見敦煌本壇經，為契嵩本新加，參見王孺童編校：《〈壇經〉諸本集成》，宗教文化出版社 2014 年版；江泓、夏志前點校：《壇經四古本》，羊城晚報出版社 2011 年版。

因人置」〔註33〕、「一切經書，因人說有」〔註34〕，且「謗法，直言不用文字。既云不用文字，人不合言語；言語即是文字。」〔註35〕特別是文字還是弘法利生的重要工具。因此他秉持著大乘佛教空性的文字觀，即不離文字，不住文字。

白居易還在《題道宗上人十韻》中闡釋了他對文字空觀的理解。全詩並序如下：

> 普濟寺律大德宗上人法堂中，有故相國鄭司徒、歸尚書、陸刑部、元少尹及今吏部鄭相、中書韋相、錢左丞詩，覽其題皆與上人唱酬，閱其人，皆朝賢。省其文，皆義語。予始知上人之文為義作，為法作，為方便智作，為解脫性作，不為詩而作也。知上人者云爾，恐不知上人者，謂為護國、法振、靈一、皎然之徒與？故予題二十句以解之。如來說偈贊，菩薩著論議。是故宗律師，以詩為佛事。一音無差別，四句有詮次。欲使第一流，皆知不二義。精潔沾戒體，閒淡藏禪味。從容恣語言，縹緲離文字。旁延邦國彥，上達王公貴。先以詩句牽，後令入佛智。人多愛師句，我獨知師意。不似休上人，空多碧雲思。〔註36〕

白居易讚歎道宗上人「從容恣語言，縹緲離文字」〔註37〕，稱讚他的詩歌「為法作，為方便智作，為解脫性作，不為詩而作也。」〔註38〕

〔註33〕楊曾文校寫：《敦煌新本・六祖壇經》，宗教文化出版社 2011 年版，第 29 頁。

〔註34〕楊曾文校寫：《敦煌新本・六祖壇經》，宗教文化出版社 2011 年版，第 29 頁。

〔註35〕楊曾文校寫：《敦煌新本・六祖壇經》，宗教文化出版社 2011 年版，第 52 頁。

〔註36〕（唐）白居易著，謝思煒校注：《白居易詩集校注》，中華書局 2006 年版，第 1700～1701 頁。

〔註37〕（唐）白居易著，謝思煒校注：《白居易詩集校注》，中華書局 2006 年版，第 1701 頁。

〔註38〕（唐）白居易著，謝思煒校注：《白居易詩集校注》，中華書局 2006 年版，第 1701 頁。

同時他認為上人「以詩為佛事」，〔註39〕詩歌創作只是是善巧是權宜之法，其目的是「先以詩句牽，後令入佛智」〔註40〕。此時白居易對文字持有的態度與同時代的很多人都截然不同，如姚合在《送無可上人遊越》中說：「今日送行偏惜別，共師文字有因緣。」〔註41〕將自己與無可描繪成「共師文字」的信徒。形成這種差異的內在根由，即是白居易持有文字空觀。

綜上，空觀照物是白居易習以為常的一種佛教觀照方法，白居易不僅觀照我空，而且觀照法空，其文字觀也受到了色空觀的影響。

第二節　色空觀與白居易的《長恨歌》

《長恨歌》是白居易青年時期的一部力作，對後世產生了深遠的影響。關於《長恨歌》與佛教的關係，古人即有所發現，據《本事詩》記載，張祜曾指出《長恨歌》與《目連變》有關。〔註42〕現代學術興起後，陳允吉從情節內容的角度考察《長恨歌》對佛教變文《歡喜國王緣變文》和《目連變》的因襲，他指出：「《長恨歌》加工、提煉的這個風靡一代的民間傳聞，竟有絕大部分情節內容是在附會《歡喜國王緣》的基礎上形成的。」同時，目連上天入地尋母的情節與《長恨

〔註39〕（唐）白居易著，謝思煒校注：《白居易詩集校注》，中華書局 2006 年版，第 1701 頁。

〔註40〕（唐）白居易著，謝思煒校注：《白居易詩集校注》，中華書局 2006 年版，第 1701 頁。

〔註41〕（清）彭定求等編：《全唐詩》卷四九六，中華書局 1960 年版，第 5623 頁。

〔註42〕《本事詩》云：「詩人張祜，未嘗識白公。白公刺蘇州，祜始來謁。才見白，白曰：『久欽籍，嘗記得君款頭詩。』祜愕然曰：『舍人何所謂？』白曰：『鴛鴦鈿帶拋何處，孔雀羅衫付阿誰？非款頭何邪？』張頓首微笑，仰而答曰：『祜亦嘗記得舍人目連變。』白曰：『何也？』祜曰：『上窮碧落下黃泉，兩處茫茫皆不見。非目連變何邪？』遂與歡宴竟日。」參見（唐）孟棨：《本事詩》，丁福保輯：《歷代詩話續編》，中華書局 1983 年版，第 21 頁。

歌》中的情境有著內在的聯繫。〔註43〕

本文將循前輩學人的路徑,再增補《長恨歌》空觀觀照的內涵,檢視《長恨歌》即色書寫和以色觀空的相關理路,希望將《長恨歌》與佛教的關係進一步揭示出來。

一、《長恨歌》與佛教

元和元年(806),白居易任盩厔縣尉。一日,與友人陳鴻、王質夫到馬嵬驛附近的仙遊寺遊覽,談及李隆基與楊貴妃的故事。王質夫認為,像這樣的「希代之事」,如無「出世之才」寫成文字,就會湮沒在歷史的長河中,因此,他鼓勵白居易:「樂天深於詩,多於情者也,試為歌之,何如?」於是,白居易寫下了這首長詩,此為《長恨歌》的創作緣起。〔註44〕

《長恨歌》在唐時即已流播天下,唐宣宗李忱曾指出當時「童子解吟長恨曲」〔註45〕。唐以後,其文學史的地位得到進一步確認。元末明初的瞿祐在《歸田詩話》卷上中云:「樂天《長恨歌》凡一百二十句,讀者不厭其長。」〔註46〕清趙翼《甌北詩話》云:「古來詩人,及身得名,未有如是之速且廣者。蓋其得名,在《長恨歌》一篇。其事本易傳;以易傳之事,為絕妙之詞,有聲有情,可歌可泣,文人學士既歎為不可及,婦人女子亦喜聞而樂誦之。是以不脛而走,傳遍天

〔註43〕陳允吉:《從歡喜國王緣變文看〈長恨歌〉的故事構成》,《復旦學報(社會科學版)》1985 年第 3 期。

〔註44〕陳鴻《長恨歌傳》有云:「元和元年冬十二月,太原白樂天自校書郎尉於盩厔,鴻與琅邪王質夫家於是邑,暇日相攜遊仙遊寺,話及此事,相與感歎。質夫舉酒於樂天前曰:夫希代之事,非遇出世之才潤色之,則與時消沒,不聞於世。樂天深於詩,多於情者也,試為歌之如何?樂天因為《長恨歌》,意者不但感其事,亦欲懲尤物,窒亂階,垂於將來者也。歌既成,使鴻傳焉。」參見(宋)李昉:《文苑英華》卷七九四,中華書局 1966 年版,第 4201 頁。

〔註45〕(清)彭定求等編:《全唐詩》卷四,中華書局 1960 年版,第 49 頁。

〔註46〕(明)瞿祐:《歸田詩話》,丁保福輯:《歷代詩話續編》,中華書局 1983 年版,第 1245 頁。

下。」〔註47〕

　　值得注意的是，《長恨歌》並非俚俗故事這麼簡單，它與佛教有著密切的關聯。主要表現在以下幾方面：

　　第一、《長恨歌》從誕生之日起就與佛教產生了密切的關聯。《長恨歌》的寫作地點是仙遊寺，是一座環境清幽的寺廟，即便有學者研究表明此前也曾是道觀，但是無論怎樣，此時此地就是一座佛教寺廟。

　　第二、陳鴻所寫的傳奇小說《長恨歌傳》，是與《長恨歌》同時創作的。《長恨歌傳》云：「歌既成，使鴻傳焉。」〔註48〕傳與歌的內容無二致，只在體裁上有差別。根據相關文獻記載可知，最初《長恨歌傳》與《長恨歌》是一個整體，《長恨歌傳》在前，《長恨歌》緊跟其後〔註49〕，這頗類似於佛經中長行（修多羅）在前重頌（祇夜）在後進行復述的書寫模式。

　　第三、白居易編撰文集時將《長恨歌》置於「感傷詩」中。元和十年，白居易第一次編集，他將自己的十卷詩編為四個部分，即諷諭詩、閒適詩、感傷詩、雜律詩。白居易將《長恨歌》置於「感傷詩」一類，而感傷詩下轄的詩作，闡發佛教思想的佔了很大一部分。

二、遊戲三昧：《長恨歌》的即色書寫

　　明屠隆在《鴻苞集》中云：「香山詩有傷於妍媚淺俗者，此特其遊戲三昧語。讀其全集，禪乘名理，往往深入玄解。百代而下，窺香山一斑。」〔註50〕遊戲三昧指悟空見性後任運自如、得法自在的狀態。

〔註47〕（清）趙翼著，江守義、李成玉校注：《甌北詩話校注》卷四，人民文學出版社 2012 年版，第 116～117 頁。

〔註48〕（宋）李昉：《文苑英華》卷七九四，中華書局 1966 年版，第 4201頁。

〔註49〕如《太平廣記》本《長恨歌傳》就遵循這樣的格式。《長恨歌傳》末曰：「至憲宗元和元年，盩厔縣尉白居易為歌，以言其事，並前秀才陳鴻作傳，冠於歌之前，目為《長恨歌傳》。」參見（宋）李昉編纂：《太平廣記》卷十二，國家圖書館出版社 2009 年版，第 399～407 頁。

〔註50〕（明）屠隆著，汪超宏主編：《屠隆集》第八冊，浙江古籍出版社 2012年版，第 429 頁。

《六祖壇經》第八頓漸品云：「見性之人，立亦得，不立亦得。去來自由，無滯無礙。應用隨作，應語隨答，普見化身，不離自性，即得自在神通，遊戲三昧，是名見性。」〔註51〕屠隆用「遊戲三昧」點評白居易所謂妍媚淺俗之作，應該是看出了這類作品寫作的機倪。質而言之，這背後的機倪便是白居易空觀思想指導下的即色書寫方式。屠隆雖然沒有明確提及《長恨歌》，但他所說的這類作品肯定包含了白居易蜚聲天下的代表作——被杜牧等人視作「淫言媒語」〔註52〕的《長恨歌》。

白居易在《長恨歌》開篇第一句就點明他的即色書寫主旨——「漢皇重色思傾國」〔註53〕，「重色」是全篇的核心，所有的內容皆圍繞這二字展開。選妃、華清賜浴、兄弟列土、驪宮歌舞，是「重色」的表現；安史亂起、馬嵬兵變、逃難蜀中是「重色」的後果；從入蜀回京之長相思到命令方士「致魂魄」，則是「重色」造成悲劇的深化。

《長恨歌》的即色書寫包括極寫和力破兩部分，以下分述之。

白居易在《長恨歌》中極寫唐玄宗「思傾國」和楊貴妃的傾國之貌以及李楊之間的深情。李隆基的「思傾國」，白居易是如何極力渲染的呢？他說「御宇多年求不得」〔註54〕，又說「從此君王不早朝」〔註55〕，最後又說「盡日君王看不足」〔註56〕。楊貴妃是怎樣一位傾國麗人呢？白居易筆下的楊貴妃，盡態極妍。她有著傾世之顏「天生麗質

〔註51〕賴永海主編，陳秋平等譯注：《佛教十三經·壇經》，中華書局 2013年版，第 309 頁。

〔註52〕（唐）杜牧著，陳允吉校點：《樊川文集》卷九，上海古籍出版社 2009年版，第 137 頁。

〔註53〕（唐）白居易著，謝思煒校注：《白居易詩集校注》，中華書局 2006年版，第 943 頁。

〔註54〕（唐）白居易著，謝思煒校注：《白居易詩集校注》，中華書局 2006年版，第 943 頁。

〔註55〕（唐）白居易著，謝思煒校注：《白居易詩集校注》，中華書局 2006年版，第 943 頁。

〔註56〕（唐）白居易著，謝思煒校注：《白居易詩集校注》，中華書局 2006年版，第 943 頁。

難自棄」〔註57〕，她的笑容能令「六宮粉黛無顏色」〔註58〕。她的每一次出場總是伴隨著各種花影而來。她居住的地方「太液芙蓉未央柳」〔註59〕、「芙蓉帳暖度春宵」〔註60〕；她還有如花一般的容貌：「雲鬢花顏金步搖」〔註61〕、「雪膚花貌參差是」〔註62〕，美麗的面容像明豔動人的芙蓉花：「芙蓉如面柳如眉」〔註63〕，流淚的樣子像帶著雨珠的梨花：「梨花一枝春帶雨」〔註64〕。人面與花容相互映照，楊貴妃的清姿雅質躍然紙上。李楊之間的感情如何？白居易寫李對楊的寵愛：「後宮佳麗三千人，三千寵愛在一身」〔註65〕；「春宵苦短日高起，從此君王不早朝」〔註66〕。李對楊的寵愛還蔭及楊的家人，「姊妹弟兄皆列土，可憐光彩生門戶。」〔註67〕這種寵愛甚至於影響了天下人對生男生女的觀念，「遂令天下父母心，不重生男重生女。」〔註68〕不一而足。

〔註57〕（唐）白居易著，謝思煒校注：《白居易詩集校注》，中華書局 2006年版，第 943 頁。

〔註58〕（唐）白居易著，謝思煒校注：《白居易詩集校注》，中華書局 2006年版，第 943 頁。

〔註59〕（唐）白居易著，謝思煒校注：《白居易詩集校注》，中華書局 2006年版，第 943 頁。

〔註60〕（唐）白居易著，謝思煒校注：《白居易詩集校注》，中華書局 2006年版，第 943 頁。

〔註61〕（唐）白居易著，謝思煒校注：《白居易詩集校注》，中華書局 2006年版，第 943 頁。

〔註62〕（唐）白居易著，謝思煒校注：《白居易詩集校注》，中華書局 2006年版，第 944 頁。

〔註63〕（唐）白居易著，謝思煒校注：《白居易詩集校注》，中華書局 2006年版，第 943 頁。

〔註64〕（唐）白居易著，謝思煒校注：《白居易詩集校注》，中華書局 2006年版，第 944 頁。

〔註65〕（唐）白居易著，謝思煒校注：《白居易詩集校注》，中華書局 2006年版，第 943 頁。

〔註66〕（唐）白居易著，謝思煒校注：《白居易詩集校注》，中華書局 2006年版，第 943 頁。

〔註67〕（唐）白居易著，謝思煒校注：《白居易詩集校注》，中華書局 2006年版，第 943 頁。

〔註68〕（唐）白居易著，謝思煒校注：《白居易詩集校注》，中華書局 2006年版，第 943 頁。

正因白居易極盡所能地描述即色的幻有，以致招到了杜牧、張戒的猛烈批評。杜牧抨擊《長恨歌》「淫言媟語」，「入人肌骨，不可除去。」〔註69〕張戒的語辭愈加激烈：「其敘楊妃進見、專寵、行樂事，皆穢褻之語。……此等語，乃樂天自以為得意處，然而亦淺陋甚。」〔註70〕凡此種種，皆由《長恨歌》中即色描寫與儒家詩教觀齟齬不合所致。

由於白居易對李楊二人感情的渲染，有很多人認為《長恨歌》是李隆基對楊貴妃的追悼，如宋洪邁《容齋隨筆》云：「長恨歌不過述明皇追愴貴妃始末。」〔註71〕這種論調在近現代變得尤其高漲，很多學者都將《長恨歌》的主題確立為歌頌李楊愛情。同時，也有學者認為該詩主要目的就是批判「漢皇重色」誤國，如明唐汝詢《唐詩解》和清沈德潛《唐詩別裁》都認為《長恨歌》的主旨為諷刺明皇重色不悟。〔註72〕上述諸家的點評，一方面，可從側面反映出白居易即色書寫的成功之處；另一方面，也可以想見他們只看到了《長恨歌》中即色書寫中的一面，沒有看到力破的另外一面。

即色描寫的第二步是力破。首先描寫楊貴妃之死。「六軍不發無奈何，宛轉蛾眉馬前死」〔註73〕，只此兩句就概括了無常的到來。馬嵬慘變，緊接著是楊妃「宛轉」的求救和玄宗的「掩面救不得」〔註74〕，

〔註69〕（唐）杜牧著，陳允吉校點：《樊川文集》卷九，上海古籍出版社2009年版，第137頁。

〔註70〕（宋）張戒：《歲寒堂詩話》卷上，丁保福輯：《歷代詩話續編》，中華書局1983年版，第458頁。

〔註71〕（宋）洪邁撰，孔凡禮點校：《容齋隨筆》，中華書局2005年版，第200～201頁。

〔註72〕（明）唐汝詢《唐詩解》云：「識明皇迷於色而不悟。」參見（明）唐汝詢編選，王振漢點校：《唐詩解》，河北大學出版社2001年版，第432頁。（清）沈德潛《唐詩別裁》云：「識明皇之迷於色而不悟也。」參見（清）沈德潛選注：《唐詩別裁》第二冊，中華書局1964年版，第107頁。

〔註73〕（唐）白居易著，謝思煒校注：《白居易詩集校注》，中華書局2006年版，第943頁。

〔註74〕（唐）白居易著，謝思煒校注：《白居易詩集校注》，中華書局2006年版，第943頁。

明皇倉卒蒙塵卻無可奈何，只能「回看血淚相和流」〔註75〕，最終楊妃香消玉殞、零落成泥碾作塵，全然不見昔日的明眸皓齒。其次描寫唐玄宗的孤獨寂寞和淒涼。他夜中不能寐，從黃昏到黎明輾轉難安，苦苦思戀著逝去的楊妃，「思悄然」和「未成眠」表現了唐玄宗彷徨傷感的心情，而「夕殿螢飛」和「孤燈挑盡」無疑將淒涼又增加了一倍。任何事情都可能勾起對楊妃的回憶，「春風桃李花開日」〔註76〕會思念，「秋雨梧桐葉落時」〔註77〕也會思念，甚至看到昔日的「梨園弟子」和「椒房阿監」，都能勾起對楊妃的思念。念茲在茲，無日或忘，自是春日無光、傷心月色、風雨斷腸、惝恍迷離。最後，《長恨歌》為李楊構造出一片虛幻迷離的天國世界。但這並不意味著痛苦就此終結，相反，這只是李楊悲劇的進一步深化，「玉容寂寞淚闌干」〔註78〕和「梨花一枝春帶雨」〔註79〕將楊妃痛苦的神情畢現。「比翼鳥」、「連理枝」的願望是如此美好，但卻無法實現，只有永難磨滅的「長恨」長存。

　　力破部分與極寫部分形成了鮮明對比。人生如朝露，生命不會長久；無常無定期，所謂的愛情並不存在；一切都將湮沒在紅塵當中，唯遺憾長存——「天長地久有時盡，此恨綿綿無絕期」〔註80〕。即便是風姿綽約的貴妃，最後死時也是「花鈿委地無人收，翠翹金雀玉搔頭」〔註81〕，玄宗給予楊妃的愛是「後宮佳麗三千人，三千

〔註75〕（唐）白居易著，謝思煒校注：《白居易詩集校注》，中華書局 2006 年版，第 943 頁。

〔註76〕（唐）白居易著，謝思煒校注：《白居易詩集校注》，中華書局 2006 年版，第 944 頁。

〔註77〕（唐）白居易著，謝思煒校注：《白居易詩集校注》，中華書局 2006 年版，第 944 頁。

〔註78〕（唐）白居易著，謝思煒校注：《白居易詩集校注》，中華書局 2006 年版，第 944 頁。

〔註79〕（唐）白居易著，謝思煒校注：《白居易詩集校注》，中華書局 2006 年版，第 944 頁。

〔註80〕（唐）白居易著，謝思煒校注：《白居易詩集校注》，中華書局 2006 年版，第 944 頁。

〔註81〕（唐）白居易著，謝思煒校注：《白居易詩集校注》，中華書局 2006 年版，第 943 頁。

寵愛在一身」〔註82〕，最終不是也只能以悲劇收場嗎！極寫部分越是描述的華麗動人，越能與力破部分的淒慘形成反差，就越具有表現力和感染力。

這種力破與極寫的寫法符合佛經欲色幻相描寫的程式。主要表現在以下三方面：

其一，《長恨歌》即色書寫中的極寫部分的內容多能在佛經中找到源頭。如馬鳴菩薩《佛所行贊》對女子體態有大量的描述〔註83〕；西晉竺法護譯《普曜經》卷六《降魔品》，述及魔王波旬遣四女以美貌惑亂菩薩，羅列魔女三十二種豔姿；隋闍那崛多譯《佛本行集經》對魔女姿態的描繪則有過之而無不及。不一而足。《佛本行經》對婇女沐浴的細節還作了相關描寫〔註84〕。佛經寫作豔詞麗文旨在通過以色觀空的方法宣揚情色空無，教戒世人破除情執，與無常觀描寫並無二致。欲色是佛陀度化眾生的善巧方法，故《維摩詰經·佛道品》云菩薩「或現作淫女，引諸好色者；先以欲鉤牽，後令入佛智。」〔註85〕種種方便，度化眾生。在《觀佛三昧海經·觀馬王藏相品》中，世尊為度化淫女妙意，化現出面貌姣好三童子，隨順其色慾，使之經歷色慾之苦，最終悔悟皈依。同理，《長恨歌》的即色描寫是為之後的力破所作的鋪墊。

其二，《長恨歌》即色書寫中的力破部分的內容多能在佛經中找

〔註82〕（唐）白居易著，謝思煒校注：《白居易詩集校注》，中華書局 2006 年版，第 943 頁。

〔註83〕馬鳴菩薩造，(北涼)曇無讖譯：《佛所行贊》卷一，《大正藏》卷四，佛陀教育基金會出版部 1990 年版，第 7 頁。

〔註84〕（劉宋）釋寶雲譯《佛本行經》卷二「與眾婇女遊居品第八」云：「五音俱作，感動人情。太子入池，水至其腰，諸女圍繞，明耀浴池，猶如明珠，繞寶山王，妙相顯赫，其好巍巍。眾女水中，種種戲笑。」參見（劉宋）釋寶雲譯：《佛本行經》卷二，《大正藏》卷四，佛陀教育基金會出版部 1990 年版，第 63 頁。

〔註85〕賴永海主編，賴永海、高永旺譯注：《佛教十三經·維摩詰經》，中華書局 2013 年版，第 134 頁。

到源頭。關於死後的形態以及周圍哭聲的描寫〔註86〕，在《佛所行贊》中都能找到源頭。如關於死後的形態，《佛所行贊》云：「華鬘垂覆面，或以面掩地。或舉身戰掉，猶若獨搖鳥。委身更相枕，手足互相加。或鼕蹙皺眉，或合眼開口。種種身散亂，狼籍猶橫屍。」〔註87〕關於哭泣的情狀，《佛所行贊》云：「涕泣氣息絕，雨淚橫流下。」〔註88〕死後的狀態腐朽不堪，與此前的花容月貌形成了鮮明的對比，正好作無常觀，再美麗的楊貴妃也僅是粉骷髏，且終不免一死，再驚心動魄的愛情故事也不會成為永恆，終將別離。佛經有關無常的描寫重在曉諭世人色即是空，轉瞬即逝，勿要貪念。同理，《長恨歌》描述李楊最終的悲劇也是警醒世人，死怨常隨伴，勿要犯愚癡，愛是一切無常痛苦的根源，應該早日遠離癡愛而登彼岸，免受無常之苦。

其三，《長恨歌》中的即色書寫模式也能在佛經中找到源頭。《長恨歌》大體分為四個部分，先寫李楊熱戀的場景，極盡美好言辭之能事，次寫馬嵬兵變，楊死李腸斷，再寫物是人非，最後是陰陽兩隔的長恨，慘凄至極。經過歡與悲、榮與辱、生與死的極端對比，披露了種種無常和痛苦。這樣的敘述模式頗類似於佛經的敘述模式，「真如離相，不可說盡」〔註89〕，讓人更加清楚地明白其中的內涵。試看《佛所行贊》便知，前一部分極力誇飾眾美女誘惑太子的種種媚態，後面又極言辭描述美女睡態的醜陋，形成鮮明的反差，太子也因此對女子產生厭棄遠離之心。由此破除人們對情慾的執著，並警戒世人勿近女色。

〔註86〕《長恨歌》云：「花鈿委地無人收，翠翹金雀玉搔頭。君王掩面救不得，回看血淚相和流。」參見（唐）白居易著，謝思煒校注：《白居易詩集校注》，中華書局 2006 年版，第 943 頁。

〔註87〕馬鳴菩薩造，（北涼）曇無讖譯：《佛所行贊》卷一，《大正藏》卷四，佛陀教育基金會出版部 1990 年版，第 10 頁。

〔註88〕馬鳴菩薩造，（北涼）曇無讖譯：《佛所行贊》卷二，《大正藏》卷四，佛陀教育基金會出版部 1990 年版，第 15 頁。

〔註89〕（唐）玄奘譯：《大般若波羅蜜多經》卷五二二，《大正藏》卷七，佛陀教育基金會出版部 1990 年版，第 846 頁。

概言之，與佛陀遊戲三昧一樣，《長恨歌》精心構築悲劇故事演繹欲色異相以說法，寓有勸諭醒世的目的，即色書寫實為一場遊戲三昧的說法。

對《長恨歌》的即色書寫內容和方式有了具體而實際的把握，事實上也就找到了解讀《長恨歌》的關鍵所在，就可以在此基礎上梳理其創作意圖。

三、以色觀空：《長恨歌》的創作意圖

《長恨歌》遊戲三昧所說的法是「以色觀空」的佛法。李楊題材不過是白居易藉以說法的世間萬相之一，既說明「雪膚花貌」不足關懷，男女情愛充滿恨別離苦，又說明「三千寵愛」不能長久，生命有限度，終將消逝。眾生為無明之所覆蔽，常常「長夜輪轉不可覺知」〔註90〕，因此備受痛苦的煎熬。即色悟空，由麗詞豔事，啟人感悟色空之理，生起向佛之心。

《長恨歌》不迴避幻有而最終破斥幻有的書寫方式，反映出白居易不否定幻有的空觀思想，與僧肇「不真空論」一脈相承。僧肇「不真空論」源於龍樹所代表的中觀學派，龍樹派認為真正的空性「不是虛無，不是沒有，不是不存在，而是對獨立實在性的否定，即無自性，自性空。自性空是肯定假有的現象（幻有）是存在的。」〔註91〕龍樹中觀學派的思想傳到中國後，僧肇受其影響，提出「不真空論」，他認為：「觀色空時，應一心見色，一心見空。若一心見色，則唯色非空；若一心見空，則唯空非色。然則空色兩陳，莫定其本也。」〔註92〕《長恨歌》的即色書寫則是色空兩陳，即色書寫的目的是觀空。我們從《長恨歌》的即色書寫中既可以看出白居易「若一心見色，則

〔註90〕（隋）闍那崛多等譯：《大法炬陀羅尼經》卷四《相好品之餘》，《大正藏》卷二十一，佛陀教育基金會出版部 1990 年版，第 675 頁。
〔註91〕方立天：《佛教哲學》，中國人民大學出版社 2006 年版，第 176 頁。
〔註92〕石俊等：《中國佛教思想資料選編》卷一，中華書局 1981 年版，第 46 頁。

唯色非空」，也可以看出他「若一心見空，則唯空非色。」

白居易曾說「道林談論惠休詩，一到人天便作師」〔註93〕，雖是讚歎廣宣上人，然而透露出對惠休詩的推崇。如果我們知道惠休是六朝以寫作豔情詩著名的釋子，而且他的豔情書寫一般被認為是傚彷佛陀應機施教，方便說法，最終目的是以此警示無常，令入佛智〔註94〕，就可以看出白居易《長恨歌》即色書寫背後的理論基礎。另外，白居易在《題道宗上人十韻》中云：「如來說偈讚，菩薩著論議。是故宗律師，以詩為佛事。旁延邦國彥，上達於公貴。先以詩句牽，後令入佛智。」〔註95〕也能看出白居易贊同以善巧方便引入佛智的創作方法。再則，《長恨歌》寫畢四年後，元和五年（810），白居易在《和夢遊春詩一百韻》中提出他的文學創作理論：「然予以為，苟不悔不寤則已，若悔於此則宜寤於彼，反於彼而寤於妄，則宜歸於真也，……今所和者，其章旨卒歸於此，夫感不甚則悔不熟，感不至則悟不深，故廣足下七十韻為一百韻，重為足下陳夢遊之中所以甚感者，敘婚仕之際所以至感者，欲使曲盡其妄，周知其非，然後返乎真，歸乎實，亦猶《法華經》序火宅、偈化城，《維摩經》入淫舍、過酒肆之義也。」〔註96〕白居易將創作實踐分別比作佛陀化現火宅、化城和維摩詰過淫

〔註93〕（唐）白居易著，謝思煒校注：《廣宣上人以應制詩見示因以贈之詔許上人居安寺紅樓院以詩供奉》，《白居易詩集校注》，中華書局2006年版，第1174頁。

〔註94〕試看宋贊寧為清江作《七夕》詩的辯解：「慧休《怨別》、陸機《牽牛星》、屈原《湘夫人》，豈為色邪？皆當時寓言興類而已。若然者，言火則焚口，說食則療饑也矣，……實為此詩警世無常，引令入佛智焉。其故何也？詳江過忠國師，大明玄理，無以域中小乘法拘之哉！」惠休等人的詩被當作衡量清江詩好壞的標準，贊寧認為惠休等人的詩作「警世無常，引令入佛智焉」。參見（宋）贊寧撰，范祥雍點校：《宋高僧傳》卷十五，中華書局1987年版，第369頁。

〔註95〕（唐）白居易著，謝思煒校注：《白居易詩集校注》，中華書局2006年版，第1701頁。

〔註96〕（唐）白居易著，謝思煒校注：《白居易詩集校注》，中華書局2006年版，第1130～1131頁。

舍、酒肆。也就是說，作品只是權宜方便和應機施教的工具，導引人們獲得覺悟才是最終的目的。據此可知，白居易掌握了大乘空觀的核心義理，具有佛教空觀的視野。《長恨歌》作於元和元年（806），從時間上看，距該理論的提出不過四年，且又與佛教具有深刻因緣。同時，《長恨歌》的書寫內容向來有爭議，與《法華經》中「火宅」和「化城」、《維摩詰經》中「淫舍」和「酒肆」也有幾分相似。

　　《長恨歌》中所謂的「淫言媟語」皆為「寓言興類」，最主要的目的在於「警世無常」、「引令入佛智」，同時，大乘法門「語默動靜，一切聲色，盡是佛事」〔註97〕，我們切不可用狹隘的小乘法去揣度大乘行者的發心，歷代很多士大夫都試圖糾正人們對《長恨歌》的誤讀，最主要的證據就是白居易的人品白圭無玷。如《新唐書》云：

>　　觀居易始以直道奮，在天子前爭安危，冀以立功。雖中被斥，晚益不衰。當宗閔時，權勢震赫，終不附麗為進取計，完節自高。而積中道微險得宰相，名望漼然。嗚呼，居易其賢哉！」〔註98〕

對白居易的人格給予了高度的評價，認為他「完節自高」，非常賢善。另如賀貽孫認為白居易為人端雅，《長恨歌》也未見淫褻，其《詩筏》云：「及讀其《長恨歌》諸作，諷刺深隱，意在言外，信如其所自評。……但考樂天所行，不愧端雅，其詩亦未見淫褻。」〔註99〕還有人認為白居易是學佛修道之人，杜牧等人卻以「淫媟」評價《長恨歌》，為白居易甚感不平。明尤侗《艮齋雜說》云：「若樂天，學道之人，而以淫媟目之，冤矣！」〔註100〕言外之意是學佛學道的白居易在品行方

〔註97〕（宋）賾藏主編：《古尊宿語錄》卷三，藍吉富主編：《禪宗全書》第四十三冊，北京圖書館出版社 2004 年版，第 31 頁。

〔註98〕（宋）歐陽修、宋祁：《新唐書》卷一一九，中華書局 1975 年版，第 4305 頁。

〔註99〕（清）賀貽孫：《詩筏》，郭紹虞編選，富壽蓀校點：《清詩話續編》，上海古籍出版社 1983 年版，第 186 頁。

〔註100〕轉引自中國社會科學院文學研究所編：《白居易詩評述彙編》，知識產權出版社 2006 年版，第 195 頁。

面比普通士大夫還會更高一層。其實是不錯的，學佛修道的白居易具有更高的視域——佛教空觀，白居易站在超脫的視角在審視李楊的悲歡離合，從鬧騰騰的開始到最後白茫茫的結局。可以說，《長恨歌》是白居易空觀的實踐結果。白居易描寫楊貴妃的故事，並不是為了將他們的所謂永恆的愛情公布於世，以博取世俗的共鳴與嚮往，如果我們被表面的種種事相所迷惑，那就是大大誤解了白居易。《長恨歌》旨在通過展示種種痛苦的結局警醒後人，如果光從表面現象去理解《長恨歌》則與作者的寫作意圖相行甚遠。一篇《長恨歌》可以看作是白居易色空觀的全面投射，其意即「欲使曲盡其妄，周知其非」，讓後來者「悔熟」、「悟深」，因為不管李、楊的愛情當時多麼纏綿悱惻，最終都化為烏有。

　　為了取得宣教的最佳效果，佛教主張「隨眾生所樂，種種色示現」〔註101〕，即隨順世人的思想、語言等說明佛理，如《法華經》云：「諸所說法，隨其義趣，皆與實相不相違背。若說俗間經書、治世語言、資生業等，皆順正法。」〔註102〕白居易在此也採用了時人能接受的語言和行文方式闡釋空性的道理，可惜知者甚少。後人對此產生的誤會很深，很多人只看到了愛情、權利與繁華，或只看到了文辭與藝術，給後來的文學創作造成了許多不良的影響。

　　二十一世紀以來，佛教文學的學術建構和話語體系日趨完善。羅根澤在《中國文學批評史》中指出「譯經的求傳藻蔚，使創作的風尚也趨向藻蔚」〔註103〕，「文學的注重辭藻，由於『唱導』『說法』」〔註104〕。蔣述卓在《佛經傳譯與中古文學思潮》第五章《齊梁浮豔藻繪文風與佛經傳譯》中深入分析了齊梁浮豔的文風與佛經傳譯的關係

〔註101〕　（東晉）佛陀跋陀羅譯：《大方廣佛華嚴經》卷四，《大正藏》卷九，佛陀教育基金會出版部 1990 年版，第 416 頁。

〔註102〕　賴永海主編，王彬譯注：《佛教十三經·法華經》，中華書局 2013 年版，第 427 頁。

〔註103〕　羅根澤：《中國文學批評史》，上海書店出版社 2003 年版，第 130 頁。

〔註104〕　羅根澤：《中國文學批評史》，上海書店出版社 2003 年版，第 130 頁。

〔註 105〕。汪春泓《論佛教與梁代宮體詩的產生》認為佛經語言的崇「麗」以及佛學遣蕩思維的方式對梁代尚麗、新變之抒情文學的發展產生了不可忽視的影響，宮體詩在內容上受到佛經對女子姿態、心理等描寫的影響，在形式上，乃承襲《佛所行贊》等佛經〔註 106〕。許雲和在《六朝釋子創作豔情詩的佛學觀照》中深入探討六朝豔情詩背後的佛學觀照方法，認為六朝釋子創作的豔情乃從清淨心出發，「效菩薩見機權巧，以相說法，警世無常。」〔註 107〕在這些學者的努力下，佛教對文學的影響受到廣泛地認同：佛教傳入中土之後，無論是文體還是文風，無論是聲律還是辭采，都受到了影響。關於《長恨歌》的佛教性內容，陳允吉的研究具有典範的意義。此前，由於忽視《長恨歌》背後的空觀觀照方式，學界出現了多種主題之間的揣測與爭論〔註 108〕。甚至還有學者指出《長恨歌》主題具有多重性，蘊含著內在矛盾難稱完璧。這顯然與詩人的本懷相悖。由於對白居易所受佛教的影響不甚瞭解，故而離《長恨歌》的真相漸行漸遠。因此，如果我們撇開佛教來談《長恨歌》，必然收穫不多。

《長恨歌》之所以能夠感動人心，成為膾炙人口的作品，獲益於空觀的觀照視野。因為白居易具有佛教空觀的視野，因此觀待人間悲歡離合的時候，是客觀的超脫的，既有諷刺與規諫，也有同情與悲憫，

〔註105〕 蔣述卓：《佛經傳譯與中古文學思潮》，江西人民出版社 1990 年版，第 96～107 頁。

〔註106〕 汪春泓：《論佛教與梁代宮體詩的產生》，《文學評論》1991 年第 5 期。

〔註107〕 許雲和：《六朝釋子創作豔情詩的佛學觀照》，《文藝研究》2016 年第 6 期，第 1 頁。

〔註108〕 褰長春認為主要有隱事說、諷諭說、愛情說、愛情諷諭雙重主題說以及時代感傷說。參見褰長春：《關於〈長恨歌〉主題》，《唐代文學研究年鑒 1984》，陝西人民出版社 1985 年版。張中宇的兩篇文章概括為「愛情主題說」、「隱事說」、「諷諭說」、「感傷說」、「雙重及多重主題說」、「無主題說與泛主題說」等六種主題。參見張中宇：《新時期〈長恨歌〉主題研究評述》，《南京工業大學學報》2003 年第 3 期。張中宇：《〈長恨歌〉主題研究綜論》，《文學遺產》2005 年第 3 期。

這種視角高於政治、愛情等視角。所以一篇《長恨歌》，有人看到了愛情，有人看到了諷喻，有人看到了悼亡，這也成為學界一直以來對《長恨歌》主題論爭不斷的原因。事實上，當我們將其納入白居易空觀的視野下考察，就會發現這些主題間並沒有枘鑿不合之處。因為《長恨歌》不僅凝結了高度的藝術匠心，還鎔鑄了充滿智慧的佛旨觀照，具有持久的藝術生命力。因此，這些爭論並未撼動《長恨歌》文學經典的地位，反而使其關注度有增無減，傳唱經久不衰。

第六章　白居易佛寺詩的儒佛情懷

　　白居易有很深的寺廟情懷。他好遊寺廟，每到一處，總是遍覽寺院，每年都會花費大量的時間和精力遊覽寺廟，《夜遊西武丘寺八韻》云：「領郡時將久，遊山數幾何？一年十二度，非少亦非多。」〔註1〕一年去武丘寺十二次，可謂非常頻繁了！以至於宋龔明之不無欣羨地感慨道：「可見當時郡政多暇，而吏議甚寬，使在今日，必以罪去矣。」〔註2〕白居易常來常往的寺院有長安的慈恩寺、青龍寺、悟真寺、西明寺、感化寺、雲居寺；洛陽的香山寺、菩提寺、龍興寺、玉泉寺、天竺寺、聖善寺、奉國寺；江州的大林寺、東西二林寺；忠州的開元寺、龍昌寺；杭州的孤山寺、天竺寺、靈隱寺；蘇州的重玄寺、南禪院；襄州的景空寺和徐州的流溝寺等〔註3〕。他將自己的遊寺經歷一一寫進了詩裏，當我們品味這些詩作，可以發現，佛寺詩既融攝著他的入世情懷，又蘊藏著他的出世情懷。

〔註1〕（唐）白居易著，謝思煒校注：《白居易詩集校注》，中華書局 2006年版，第 1926 頁。

〔註2〕（宋）龔明之：《中吳紀聞》卷一，《文淵閣四庫全書》第五八九冊，臺灣商務印書館 1983 年版，第 293 頁。

〔註3〕詳見本文附錄三《白居易與佛寺相關作品繫年表》。

第一節　白居易佛寺詩的入世情懷

在白居易的入世生活中，佛寺見證了白居易仕途的浮沉，同時佛寺還是白居易遊玩賞樂和交遊聯誼的去處。

一、佛寺與白居易的仕途浮沉

從某種程度上說，佛寺見證了白居易跌宕起伏的仕途。如慈恩寺是唐代新科進士的題名之地，白居易最初從此步入仕途，又失意於此；對白居易而言，青龍寺也是入世符號，象徵他對仕途的追逐。

長安寺廟中，白居易接觸最早的應數慈恩寺。白居易與慈恩寺的結緣最早可追溯至貞元十六年（800）。是年，白居易二十九歲，在雁塔題名後，寫下「慈恩塔下題名處，十七人中最少年」〔註4〕的詩句，此時的白居易作為十七人中最年輕的登科進士，來到慈恩寺中的雁塔下題名，意氣風發、濟濟於名利。慈恩寺是白居易走向仕途的起點，雁塔題名對於白居易而言意味著政治抱負的實現，此時的慈恩寺並沒有帶給白居易多少佛教義理的感悟。

若干年以後，白居易經歷了年華的蹉跎、政治的打擊、家人的離散，他再憶念起昔日的慈恩寺，對比強烈，禁不住慨歎起來，創作了一系列作品。如作於元和十二年（817）的《酬元員外三月三十日慈恩寺相憶見寄》云：「悵望慈恩三月盡，紫桐花落鳥關關。誠知曲水春相憶，其奈長沙老未還。赤嶺猿聲催白首，黃茅瘴色換朱顏。誰言南國無霜雪，盡在愁人鬢髮間。」〔註5〕此時，白居易已貶到江州三年，因此只能悵望慈恩寺，而不能親到。另如作於長慶元年（821）的《慈恩寺有感》：「自問有何惆悵事，寺門臨入卻遲回。李家哭泣元家病，柿葉紅時獨自來。」〔註6〕此時，白居易剛從量移地忠州回到

〔註4〕（五代）王定保：《唐摭言》，古典文學出版社1957年版，第53頁。
　　　　（唐）白居易著，謝思煒校注：《白居易詩集校注》，中華書局2006年版，第2928頁。

〔註5〕（唐）白居易著，謝思煒校注：《白居易詩集校注》，中華書局2006年版，第1322頁。

〔註6〕（唐）白居易著，謝思煒校注：《白居易詩集校注》，中華書局2006

長安，想到生活中種種的不順適，即將進入寺門的腳步都停了下來。這兩首詩的感情基調都低沉傷感，迴蕩著對人生無常的喟歎，與此前的雄渾高亢形成了強烈的反差。

　　詩人在青龍寺的活動和感悟也可視為白居易入世的符號，象徵著他對仕途的追逐。如作於元和五年（810）的《青龍寺早夏》：「塵埃經小雨，地高倚長坡。日西寺門外，景氣含清和。閒有老僧立，靜無凡客過。殘鶯意思盡，新葉陰涼多。春去來幾日，夏雲忽嵯峨。朝朝感時節，年鬢闇蹉跎。胡為戀朝市，不去歸煙蘿？青山寸步地，自問心如何。」〔註7〕此時的白居易擔任左拾遺，思想激進，雖身處寺廟，卻與此地此景有很深的隔膜感，對寺廟生活也無傾慕之心，末兩句「胡為戀朝市，不去歸煙蘿？青山寸步地，自問心如何。」道出了其中的緣由：暫時不願捨棄目前的俗世生活。因此詩題雖貫之以佛寺名，卻與一般寫景詩並無兩樣，毫無禪意。直到大和四年（830），時年五十九歲的白居易在《新雪二首》其二云：「不憶青龍寺後鐘」〔註8〕，「不憶」表明白居易在心裏放下了對功名的執著。

二、佛寺與白居易的休閒生活

　　對於白居易而言，寺廟還是一個遊玩賞樂、交遊聯誼的好去處。

（一）遊玩賞樂

　　寺廟環境清幽，風景優美，這無疑是吸引白居易遊覽的重要原因。

　　江州東西二林寺是白居易常遊覽的寺廟。元和十一年（816），白居易遊覽二林寺並寫下《春遊二林寺》，詩曰：

　　　　下馬西林寺，翛然進輕策。朝為公府吏，暮是靈山客。二月匡廬北，冰雪始消釋。陽叢抽茗芽，陰竇洩泉脈。熙

　　　　年版，第 1538 頁。

〔註7〕（唐）白居易著，謝思煒校注：《白居易詩集校注》，中華書局 2006
　　　　年版，第 741 頁。

〔註8〕（唐）白居易著，謝思煒校注：《白居易詩集校注》，中華書局 2006
　　　　年版，第 2309 頁。

熙風土暖，藹藹雲嵐積。散作萬壑春，凝為一氣碧。身閒
易澹泊，官散無牽迫。緬彼十八人，古今同此適。是年淮
寇起，處處興兵革。智士勞思謀，戎臣苦征役。獨有不才
者，山中弄泉石。〔註9〕

在寺廟中，白居易暫時卸下仕途的苦悶，一下子輕鬆了許多。

忠州開元寺和龍昌寺也是白居易常遊覽的寺廟。白居易說忠州開元寺「上方風景清」，遊覽很多次都不覺得厭倦，《留題開元寺上方》云：「東寺臺閣好，上方風景清。數來猶未厭，長別豈無情？戀水多臨坐，辭花剩繞行。最憐新岸柳，手種未全成。」〔註10〕元和十五年（820）早春的一天，白居易遊覽開元寺的東池，《開元寺東池早春》云：「池水暖溫暾，水清波瀲灩。簇簇青泥中，新蒲葉如劍。梅房小白裏，柳彩輕黃染。順氣草薰薰，適情鷗泛泛。舊遊成夢寐，往事隨陽焱。芳物感幽懷，一動平生念。」〔註11〕一切都一派生機，可見白居易此時心情之愉悅。忠州龍昌寺也是白居易常常遊覽的名勝之一，《蜀中名勝記》卷十九云：「樂天刺史茲邦，風流暇豫，日事遊賞。其蹤跡最著者，有東樓、荔枝樓、鳴玉溪、龍昌寺、巴子臺、東坡、東澗諸勝。」〔註12〕龍昌寺是所提到的名勝當中唯一一座寺廟，足見其在白居易休閒生活中的地位。白居易專門描寫過龍昌寺的荷花池，詩曰：「冷碧新秋水，殘紅半破蓮。從來寥落意，不似此池邊。」〔註13〕秋天的池塘裏，池水碧綠、殘荷冷落，白居易寄情於此。白居易回到長安後，於夢中都不忘找尋忠州寺廟，其《中書夜直夢忠州》云：「覓花來渡口，尋寺到

〔註9〕（唐）白居易著，謝思煒校注：《白居易詩集校注》，中華書局 2006年版，第 609 頁。

〔註10〕（唐）白居易著，謝思煒校注：《白居易詩集校注》，中華書局 2006年版，第 1481 頁。

〔註11〕（唐）白居易著，謝思煒校注：《白居易詩集校注》，中華書局 2006年版，第 875 頁。

〔註12〕（明）曹學佺著，劉知漸點校：《蜀中名勝記》，重慶出版社 1984 年版，第 273 頁。

〔註13〕（唐）白居易著，謝思煒校注：《龍昌寺荷池》，《白居易詩集校注》，中華書局 2006 年版，第 1444 頁。

山頭。」〔註14〕可見忠州寺廟給白居易留下了深刻的印象。

　　杭州孤山寺亦是白居易常遊覽的寺廟。孤山寺在西湖邊，風景非常優美，《錢塘湖春行》云：「孤山寺北賈亭西，水面初平雲腳低。幾處早鶯爭暖樹，誰家新燕啄春泥？亂花漸欲迷人眼，淺草才能沒馬蹄。最愛湖東行不足，綠楊陰裏白沙堤。」〔註15〕春日裏的西湖美不勝收，讓白居易總覺得行不足。白居易遊覽西湖後，還回望孤山寺，《西湖晚歸，回望孤山寺，贈諸客》：「柳湖松島蓮花寺，晚動歸橈出道場。盧橘子低山雨重，栟櫚葉戰水風涼。煙波澹蕩搖空碧，樓殿參差倚夕陽。到岸請君回首望，蓬萊宮在海中央。」〔註16〕白居易眼中的西湖、盧橘、栟櫚、樓殿都是那麼自在愜意，此刻的白居易神思萬里，恬靜自在。

　　寺廟大都遠離鬧市、環境清幽，白居易常赴寺廟避暑，如杭州天竺寺、洛陽香山寺和奉國寺等。長慶三年（823），白居易赴天竺寺避暑，《天竺寺七葉堂避暑》云：「鬱鬱復鬱鬱，伏熱何時畢。行入七葉堂，煩暑隨步失。簷雨稍霏微，窗風正蕭瑟。清宵一覺睡，可以銷百疾。」〔註17〕外面伏熱難當，但天竺寺七葉堂裏卻甚為清涼，白居易特別欣喜地說道：「清宵一覺睡，可以銷百疾」〔註18〕。大和四年（830），白居易因暑氣難耐，赴香山寺石樓潭沐浴，《香山寺石樓潭夜浴》云：「炎光晝方熾，暑氣宵彌毒。搖扇風甚微，褰裳汗霢霂。起向月下行，來就潭中浴。平石為浴床，窪石為浴斛。綃巾薄露頂，

〔註14〕（唐）白居易著，謝思煒校注：《白居易詩集校注》，中華書局 2006年版，第 1512 頁。

〔註15〕（唐）白居易著，謝思煒校注：《白居易詩集校注》，中華書局 2006年版，第 1614 頁。

〔註16〕（唐）白居易著，謝思煒校注：《白居易詩集校注》，中華書局 2006年版，第 1621～1622 頁。

〔註17〕（唐）白居易著，謝思煒校注：《天竺寺七葉堂避暑》，《白居易詩集校注》，中華書局 2006 年版，第 1779 頁。

〔註18〕（唐）白居易著，謝思煒校注：《天竺寺七葉堂避暑》，《白居易詩集校注》，中華書局 2006 年版，第 1779 頁。

草屨輕乘足。清涼詠而歸，歸上石樓宿。」﹝註19﹞開成元年（836），白居易又赴香山寺避暑，寄宿文暢師處，倍感清涼，「夜深起憑欄杆立，滿耳潺湲滿面涼」﹝註20﹞、「一路涼風十八里，臥乘籃輿睡中歸」﹝註21﹞。會昌二年（842），白居易赴奉國寺清閑禪師處避暑，《夏日與閑禪師林下避暑》云：「洛景牆西塵土紅，伴僧閑坐竹泉東。綠蘿潭上不見日，白石灘邊長有風。熱惱漸知隨念盡，清涼常願與人同。每因毒暑悲親故，多在炎方瘴海中。」﹝註22﹞白居易希望親交也能在毒暑時擁有清涼。

　　每個寺廟都有自己的特色，有的是某種花，有的是某種樹，這無疑也令白居易留戀不已。

　　大林寺有桃花，曾帶給白居易驚喜。元和十二年（817），白居易在江州，曾遊歷大林寺，有《大林寺桃花》一詩：「人間四月芳菲盡，山寺桃花始盛開。長恨春歸無覓處，不知轉入此中來。」﹝註23﹞山下芳菲已盡，山寺桃花才開，看到這桃花的瞬間，白居易是驚異加欣喜的：原來春天尚未離去，只是躲到這大林寺來了。

　　雲居寺有孤桐，白居易對此格外青睞，其《雲居寺孤桐》云：「一株青玉立，千葉綠雲委。亭亭五丈餘，高意猶未已。山僧年九十，清淨老不死。自雲手種時，一顆青桐子。直從萌芽拔，高自毫末始。四面無附枝，中心有通理。寄言立身者，孤直當如此。」﹝註24﹞孤桐是

﹝註19﹞（唐）白居易著，謝思煒校注：《白居易詩集校注》，中華書局 2006年版，第 1780 頁。

﹝註20﹞（唐）白居易著，謝思煒校注：《香山避暑二絕》其一，《白居易詩集校注》，中華書局 2006 年版，第 2511 頁。

﹝註21﹞（唐）白居易著，謝思煒校注：《香山避暑二絕》其二，《白居易詩集校注》，中華書局 2006 年版，第 2512 頁。

﹝註22﹞（唐）白居易著，謝思煒校注：《白居易詩集校注》，中華書局 2006年版，第 2771 頁。

﹝註23﹞（唐）白居易著，謝思煒校注：《白居易詩集校注》，中華書局 2006年版，第 1307 頁。

﹝註24﹞（唐）白居易著，謝思煒校注：《白居易詩集校注》，中華書局 2006年版，第 31 頁。

白居易託物言志的物象，象徵著他挺拔不阿、高潔簡淨的品質。

玉泉寺有紅躑躅，開得繁豔殊常。大和八年（834），白居易來到玉泉寺，他在《玉泉寺南三里澗下多深紅躑躅繁豔殊常感惜題詩以示遊者》中寫到：「玉泉南澗花奇怪，不似花叢似火堆。今日多情唯我到，每年無故為誰開？寧辭辛苦行三里，更與留連飲兩杯。猶有一般辜負事，不將歌舞管絃來。」〔註25〕躑躅花叢似火堆，煞是好看，白居易忍不住賦詩一首，對前來遊覽的人進行宣傳。

杭州靈隱寺有辛夷花，白居易為之創作《題靈隱寺紅辛夷花戲酬光上人》：「紫粉筆含尖火焰，紅胭脂染小蓮花。芳情香思知多少，惱得山僧悔出家。」〔註26〕辛夷花紅得像火焰一般，如同被胭脂染過的蓮花一般，白居易用這美麗的辛夷花打趣光上人。

孤山寺有石榴花，白居易則有《題孤山寺山石榴花示諸僧眾》一詩：「山榴花似結紅巾，容豔新妍占斷春。色相故關行道地，香塵擬觸坐禪人。瞿曇弟子君知否，恐是天魔女化身。」〔註27〕石榴花鮮豔妍麗，紛紛落到正在宴坐的僧人身上，這景象讓白居易聯想到了天女散花。

天竺寺（杭州）有桂子，且桂子只在每歲中秋時墜落，白居易在《東城桂三首》其一中為之歌詠，詩云：「子墮本從天竺寺，根盤今在闔閭城。當時應逐南風落，落向人間取次生。」〔註28〕天竺寺的桂子激發了白居易豐富的想像，白居易猜測這桂子應是從天上被南風吹落到人間的，降下人間後便隨地生根發芽。十多年後，白居易在《憶江南詞三首》中追憶江南，同樣提到了天竺寺的桂子，其二云：「山

〔註25〕（唐）白居易著，謝思煒校注：《白居易詩集校注》，中華書局 2006 年版，第 2409 頁。

〔註26〕（唐）白居易著，謝思煒校注：《白居易詩集校注》，中華書局 2006 年版，第 1615 頁。

〔註27〕（唐）白居易著，謝思煒校注：《白居易詩集校注》，中華書局 2006 年版，第 1618～1619 頁。

〔註28〕（唐）白居易著，謝思煒校注：《白居易詩集校注》，中華書局 2006 年版，第 1887 頁。

寺月中尋桂子」〔註29〕，可見天竺寺的桂子給他留下了深刻的印象，成為他記憶中江南的一部分了。

此外，西明寺因牡丹花而聞名，白居易先後寫過《牡丹芳》、《西明寺牡丹花時憶元九》和《重題西明寺牡丹》等詩詠寫牡丹。杭州招賢寺的一種無名小花令白居易牽掛不已，他特地為之賜名為紫陽花，《紫陽花》題注云：「招賢寺有山花一樹，無人知名，色紫氣香，芳麗可愛，頗類仙物，因以紫陽花名之。」〔註30〕

（二）交遊聯誼

白居易在寺廟中與許多僧俗都有過交往，如在天竺寺（洛陽）與閒振元旻四上人、在靈隱寺與光上人、在天竺寺（杭州）與堅上人、在奉國寺與神照、在仙遊寺與王質夫、在龍昌寺與錢徽、在香山寺與牛僧孺、在菩提寺與舒元輿等。其中，在仙遊寺與王質夫的交遊對白居易的影響最為深刻。

仙遊寺位於盩厔縣境內，元和元年（806）至元和二年（807），白居易任盩厔縣尉，最常遊覽的寺廟便是仙遊寺。是時，盩厔縣尉的工作讓白居易深感疲憊，《酬李少府曹長官舍見贈》云：「低腰復斂手，心體不遑安。一落風塵下，始知為吏難。公事與日長，宦情隨歲闌。」〔註31〕低腰斂手，終日勞碌，身心俱不安穩，白居易體驗了當底層小吏的人生狀態。又《論和糴狀》云：「臣近為畿尉，曾領和糴之司，親自鞭撻，所不忍睹。」〔註32〕白居易曾負責和糴，需要親自鞭撻不同意和糴的農民，他對被鞭撻的農民充滿同情，由此可見擔任該職位

〔註29〕（唐）白居易著，謝思煒校注：《白居易詩集校注》，中華書局 2006年版，第 2599 頁。

〔註30〕（唐）白居易著，謝思煒校注：《白居易詩集校注》，中華書局 2006年版，第 1651 頁。

〔註31〕（唐）白居易著，謝思煒校注：《白居易詩集校注》，中華書局 2006年版，第 766 頁。

〔註32〕（唐）白居易著，謝思煒校注：《白居易文集校注》，中華書局 2011年版，第 1203 頁。

時，白居易的內心是充滿無奈和痛苦的。即便離開此崗位後，他仍心有餘悸，如在《寄題盩厔廳前雙松》一詩中，他便說到：「憶昨為吏日，折腰多苦辛。歸家不自適，無計慰心神。」〔註33〕在此期間，白居易除與李文略有詩作往來外，與其他同僚幾乎無任何交集，白居易的心情應是極為孤單苦悶的。王質夫是白居易在盩厔為數不多的好友，他的出現，讓白居易的生活有了很大的改觀，隱居仙遊山的王質夫具有超塵之志，這讓白居易看到了生活的另外一種樣態，因此，王質夫深得白居易的仰慕，他們經常一同遊覽當地的仙遊寺。意味深長的是，有關與王質夫同遊仙遊寺的詩作都是白居易離開盩厔以後以回憶的形式寫出的。大約越是深情，越經得起歲月的打磨吧，那些同遊仙遊寺的記憶正如陳年的美酒般，時間越久越發醇香甘甜。

　　元和三年（808），白居易從盩厔回到長安後，念起這位山中的好友，並希望有機會還能再與這位知己同遊仙遊寺，其《翰林院中感秋懷王質夫》云：「唯有王居士，知予憶白雲。何日仙遊寺，潭前秋見君。」〔註34〕元和四年（809），白居易回到長安後的第二年，又憶念起往日與王質夫同遊仙遊的畫面，作《送王十八歸山寄題仙遊寺》云：

　　　曾於太白峰前住，數到仙遊寺裏來。黑水澄時潭底出，
　　白雲破處洞門開。林間暖酒燒紅葉，石上題詩掃綠苔。惆
　　悵舊遊那復到，菊花時節羨君回。〔註35〕

當時，在仙遊山中，他們點燃林間紅葉，生火暖酒，是何等雅致並富有詩情畫意的寺院生活！這給白居易留下了深刻的印象，以至於兩年後還能清晰的記憶起。同時，白居易對王質夫此次歸山深感惆悵和依戀，發出了「菊花時節羨君回」的美好期待。

〔註33〕（唐）白居易著，謝思煒校注：《白居易詩集校注》，中華書局 2006
　　　　年版，第 728 頁。
〔註34〕（唐）白居易著，謝思煒校注：《白居易詩集校注》，中華書局 2006
　　　　年版，第 729 頁。
〔註35〕（唐）白居易著，謝思煒校注：《白居易詩集校注》，中華書局 2006
　　　　年版，第 1071 頁。

　　元和十四年（819），白居易卸江州司馬，任忠州刺史，來到巴南城，他又一次回憶起與王質夫的種種過往，仙遊寺被放在了最首要的位置，《寄王質夫》詩云：

　　　　憶始識君時，愛君世緣薄。我亦吏王畿，不為名利著。春尋仙遊洞，秋上雲居閣。樓觀水潺潺，龍潭花漠漠。吟詩石上坐，引酒泉邊酌。因話出處心，心期老岩壑。忽從風雨別，遂被簪纓縛。君作出山雲，我為入籠鶴。籠深鶴殘悴，山遠雲飄泊。去處雖不同，同負平生約。今來各何在，老去隨所託。我守巴南城，君佐征西幕。年顏漸衰颯，生計仍蕭索。方含去國愁，且羨從軍樂。舊遊疑是夢，往事思如昨。相憶春又深，故山花正落。〔註36〕

白居易試圖通過回憶往昔縱情山水的生活來消解年顏衰颯、生計蕭索的傷感，卻發現，與王質夫的舊遊似乎是昨天才發生的事，卻又如同夢境一般，了無痕跡，茫然難尋。

　　元和十五年（820），與王質夫闊別數十年後，驟然聽聞好友去世的消息，白居易用沉痛的筆觸追憶起好友，創作了《哭王質夫》：

　　　　仙遊寺前別，別來十年餘。生別猶怏怏，死別復何如。客從梓潼來，道君死不虛。驚疑心未信，欲哭復踟躕。踟躕寢門側，聲發涕亦俱。衣上今日淚，篋中前月書。憐君古人風，重有君子儒。篇詠陶謝輩，風流嵇阮徒。出身既蹇連，生世仍須臾。誠知天至高，安得不一呼？江南有毒蟒，江北有妖狐。皆享千年壽，多於王質夫。不知彼何德，不識此何辜。〔註37〕

仙遊寺見證了與王質夫的點滴情誼。數十年後，白居易悼念王質夫時仍然會憶念起仙遊寺前的那場分別。仙遊寺給白居易內心留下的都是美好的印記，關乎友誼、關乎情性、關乎生命，以至於很多年後，白

〔註36〕（唐）白居易著，謝思煒校注：《白居易詩集校注》，中華書局 2006年版，第 853 頁。

〔註37〕（唐）白居易著，謝思煒校注：《白居易詩集校注》，中華書局 2006年版，第 867 頁。

居易在夢中還會回到仙遊寺，《禁中寓直夢遊仙遊寺》云：「西軒草詔暇，松竹聲寂寂。月出清風來，忽是山中夕。因成西南夢，夢作遊仙客。覺聞宮漏聲，猶謂山泉滴。」〔註38〕經過歲月的磨淬，仙遊寺變成了一幀華美的畫卷被白居易永遠珍藏於心中。

第二節　白居易佛寺詩的出世情懷

白居易之所以好遊佛寺，還與佛寺承載著他的出世情懷有關。這種情懷主要包括以下三個方面：

其一，佛寺是白居易遠離俗世的暫棲處。如作於元和元年（806）的《遊仙遊山》云：「闇將心地出人間，五六年來人怪閒。自嫌戀著未全盡，猶愛雲泉多在山。」〔註39〕仙遊寺所在的仙遊山具備山居的一切特點，環境清幽、空靈靜謐。雖然此時的白居易還無致仕歸隱的打算，但是對於山中的雲泉則心嚮往之。另如作於寶曆二年（826）的《題東武丘寺六韻》云：

> 香剎看非遠，祇園入始深。龍蟠松矯矯，玉立竹森森。
> 怪石千僧坐，靈池一劍沉。海當亭兩面，山在寺中心。酒
> 熟憑花勸，詩成倩鳥吟。寄言軒冕客，此地好抽簪。〔註40〕

武丘寺中關山森寂，松竹高古，古徑幽石、倩鳥啼吟，讓白居易想要「抽簪」隱退，此時，佛教與世無爭、澹泊渺遠的境界讓白居易心嚮往之。

正因為如此，白居易常常留宿在寺廟之中。元和二年（807），白居易獨自遊覽了位於盩厔縣的仙遊寺後留宿寺中。〔註41〕元和十一年

〔註38〕（唐）白居易著，謝思煒校注：《白居易詩集校注》，中華書局 2006年版，第 488 頁。

〔註39〕（唐）白居易著，謝思煒校注：《白居易詩集校注》，中華書局 2006年版，第 1036 頁。

〔註40〕（唐）白居易著，謝思煒校注：《白居易詩集校注》，中華書局 2006年版，第 1924 頁。

〔註41〕（唐）白居易著，謝思煒校注：《仙遊寺獨宿》，《白居易詩集校注》，中華書局 2006 年版，第 464 頁。

（816）春的一天，白居易留宿西林寺，〔註42〕同年的一個風雪夜，白居易留宿東林寺〔註43〕。有時，不能久留在寺廟，白居易還感到頗為遺憾，如從悟真寺回歸紅塵的白居易「愁君又入都門去，即是紅塵滿眼時。」〔註44〕充滿了對不能長久在寺中享受清淨無繫生活的遺憾。另如大和八年（834），白居易發出「悔不宿香山」〔註45〕的感慨。同年，白居易特地前往天竺寺留宿三天，其《宿天竺寺回》云：「野寺經三宿，都城復一還。家仍念婚嫁，身尚繫官班。蕭灑秋臨水，沉吟晚下山。長閒猶未得，逐日且偷閒。」〔註46〕白居易既嚮往佛門的清淨，又為世網所牽絆，在入世與出世之間苦苦掙扎，留宿寺廟可暫得清閒。

其二，佛寺還是白居易經歷人生變故時的倚靠處。貞元十六年（800），白居易經過符離的流溝寺，寫下《亂後過流溝寺》，詩曰：「九月徐州新戰後，悲風殺氣滿山河。唯有流溝山下寺，門前依舊白雲多。」〔註47〕白居易前往符離，適逢徐州之亂，一路上顛沛流離，飽經零落之苦。流溝寺對於此刻運蹇時乖的白居易來說起到的是精神依靠的作用。相對於戰亂後其他事物都發生翻天覆地的變化，白雲依舊的流溝寺，讓白居易獲得了片刻安定。九年後，白居易再次想起流溝寺，印象仍然停留在它不變的山色中，《醉後走筆酬劉五主簿長句之贈兼簡張大賈二十四先輩昆季》云：「五里村花落復開，流溝山色應如故。」

〔註42〕（唐）白居易著，謝思煒校注：《宿西林寺》，《白居易詩集校注》，中華書局 2006 年版，第 1266 頁。

〔註43〕（唐）白居易著，謝思煒校注：《宿東林寺》，《白居易詩集校注》，中華書局 2006 年版，第 822 頁。

〔註44〕（唐）白居易著，謝思煒校注：《遊悟真寺回山下別張殷衡》，《白居易詩集校注》，中華書局 2006 年版，第 1120 頁。

〔註45〕（唐）白居易著，謝思煒校注：《喜閒》，《白居易詩集校注》，中華書局 2006 年版，第 2431 頁。

〔註46〕（唐）白居易著，謝思煒校注：《白居易詩集校注》，中華書局 2006 年版，第 2411 頁。

〔註47〕（唐）白居易著，謝思煒校注：《白居易詩集校注》，中華書局 2006 年版，第 1032 頁。

〔註48〕花開花落，世事遷流，只有佛寺如故，能夠帶給詩人心靈的安慰。

　　元和六年（811）四月，白居易因其母去世而「丁憂」於下邽。丁母憂期間，白居易常遊覽寺廟，如元和七年（812），白居易遊覽悟真寺並寫下《遊藍田山卜居》一詩，詩云：「本性便山寺，應須旁悟真」〔註49〕。遊覽藍田悟真寺讓白居易從丁憂時期的困頓心境中暫時超離出來。另如元和九年（814）所作《遊悟真寺詩一百三十韻》云：

　　……我本山中人，誤為時網牽。牽率使讀書，推挽令效官。既登文字科，又忝諫諍員。拙直不合時，無益同素餐。以此自慚惕，戚戚常寡歡。無成心力盡，未老形骸殘。今來脫簪組，始覺離憂患。及為山水遊，彌得縱疏頑。野麋斷羈絆，行走無拘攣。池魚放入海，一往何時還？身著居士衣，手把南華篇。終來此山住，永謝區中緣。我今四十餘，從此終身閒。若以七十期，猶得三十年。……〔註50〕

與兩年前遊悟真寺之作相比，很難再看到以往詩作中對仕宦的企慕，或是對仕途的擔憂和不安，此詩流露出白居易對於寄情山水、安逸自適生活的強烈期待。概言之，原因有二：一是人世變故，命途多舛，白居易對於人生有了新的領悟，二是丁憂期間，有更多的時間獨抒性靈，參佛學道。長期置身於清淨安詳的寺廟中，白居易的心態發生了很大的變化。其《感化寺見元九劉三十二題名處》云：「微之謫去千餘里，太白無來十一年。今日見名如見面，塵埃壁上破窗前。」〔註51〕雖然該詩仍作於丁母憂期間，然而，在寺廟環境的影響下，雖然

〔註48〕（唐）白居易著，謝思煒校注：《白居易詩集校注》，中華書局 2006 年版，第 910 頁。

〔註49〕（唐）白居易著，謝思煒校注：《白居易詩集校注》，中華書局 2006 年版，第 544 頁。

〔註50〕（唐）白居易著，謝思煒校注：《白居易詩集校注》，中華書局 2006 年版，第 561 頁。

〔註51〕（唐）白居易著，謝思煒校注：《白居易詩集校注》，中華書局 2006 年版，第 1119 頁。

人事變遷、物是人非，但白居易覺得「見名如見面」，全然不受時空隔阻，悠然自如。

其三，佛寺更是白居易精神的最終皈依處。如《東林寺白蓮》詩云：

> 東林北塘水，湛湛見底清。中生白芙蓉，菡萏三百莖。白日發光彩，清飆散芳馨。淺香銀囊破，瀉露玉盤傾。我慚塵垢眼，見此瓊瑤英。乃知紅蓮花，虛得清淨名。夏萼敷未歇，秋房結才成。夜深眾僧寢，獨起繞池行。欲收一顆子，寄向長安城。但恐出山去，人間種不生。〔註52〕

這首詠寫東林寺白蓮的詩作，反映了白居易對極樂世界的嚮往之情。在所有花中，蓮花與佛教尤其是淨土宗淵源最深。淨土宗認為極樂世界的眾生皆從蓮花中化生，由是極樂世界亦稱「蓮邦」。此時，白居易被貶謫為江州司馬，被貶江州前，白居易是一個滿懷兼濟之志的熱血青年，江州之貶是白居易生命中非常重要的一件事。此次貶謫是白居易遭遇的第一次政治打擊，而且貶地之偏遠、官位之低賤也是空前的，白居易因此倍感受挫。人處在低谷的時候，總是試圖從佛教中尋求解脫，白居易也不例外。東林寺最初是白居易排遣苦悶無助的地方，對白居易的心靈起到了慰藉作用。也因受到佛寺的濡染，白居易漸漸地萌生出了許多佛禪之思。因此，白居易上廬山，在香爐峰下遺愛寺旁建草堂數間，並和東西二林寺的長老智滿、士堅、法演、雲皋、朗、晦諸上人相交遊，經常是「薄暮蕭條投寺宿，凌晨清淨與僧期」〔註53〕。東林寺是淨土宗的祖庭，白居易與東林寺僧人交往頗深，同時，在這段時間裏，他更加注重念佛實修。因此，白居易將自己的淨土信向寄寓於東林寺的白蓮中。

〔註52〕 （唐）白居易著，謝思煒校注：《白居易詩集校注》，中華書局 2006 年版，第 137 頁。

〔註53〕 （唐）白居易著，謝思煒校注：《宿西林寺早赴東林滿上人之會因寄崔二十二員外》，《白居易詩集校注》，中華書局 2006 年版，第 1276 頁。

另有作於大和七年（833）的《香山寺二絕》，詩云：

　　空山寂靜老夫閒，伴鳥隨雲往復還。家醞滿瓶書滿架，

半移生計入香山。

　　愛風岩上攀松蓋，戀月潭邊坐石棱。且共雲泉結緣境，

他生當作此山僧。〔註54〕

兩首絕句表達了白居易對閒雲野鶴般寺廟生活的由衷喜愛，甚至在其二末句還發出「他生當作此山僧」的宏願，表明此時的白居易將佛寺當作了人生最究竟的皈依處。

　　對於白居易而言，佛寺是寄託政治理想的地方，又是寄情山水、忘卻世俗的地方，因此，白居易與佛寺的緣分持續一生，也因此，白居易的佛寺詩具有如此豐富的內蘊。

〔註54〕（唐）白居易著，謝思煒校注：《白居易詩集校注》，中華書局 2006 年版，第 2391 頁。

第七章　白居易別離詩的佛學意蘊

　　愛別離苦是五盛陰苦〔註1〕的一種，指別離時所受的種種痛苦，《中阿含經》云：「諸賢！愛別離苦者，謂眾生別離時，身受苦受、遍受、覺、遍覺，心受苦受、遍受、覺、遍覺，身心受苦受、遍受、覺、遍覺。」〔註2〕白居易一生寫作了大量的別離詩，細分下來，主要包括母子之別、兄弟之別、夫妻之別、與情人相別和與友人相別等。白居易的別離詩大都痛楚深沉，悲傷淒惻，長歌之哀，過於慟哭。究其根源，與白居易有意通過別離的無常闡釋愛別離苦密切相關。

〔註1〕《中阿含經》卷七：「四聖諦於一切法最為第一。云何為四？謂苦聖諦、苦集、苦滅、苦滅道聖諦。諸賢！云何苦聖諦？謂生苦、老苦、病苦、死苦、怨憎會苦、愛別離苦、所求不得苦、略五盛陰苦。」宗文點校：《中阿含經》，宗教文化出版社2012年版，第124頁。《般泥洹經》卷上：「苦者謂生苦、老苦、病苦、死苦、憂悲惱苦、愛別離苦、所求不得苦，以要言之，五盛陰苦。」參見《般泥洹經》卷上，《大正藏》卷一，佛陀教育基金會出版部1990年版，第177頁。《涅槃經》：「何等名為五盛陰苦？五盛陰苦者：生苦、老苦、病苦、死苦、愛別離苦、怨憎貪苦、求不得苦，是故名為五盛陰苦。」參見宗文點校：《涅槃經》，宗教文化出版社2011年版，第193頁。
〔註2〕宗文點校：《中阿含經》，宗教文化出版社2012年版，第134頁。

第一節　白居易筆下的人間別離

　　白居易一生顛沛流離，輾轉多地。別離，是他詩歌的一大主題，貫串始終。白居易尤其關注別離，別是相對不別而存在的，他將視野轉向了這種明顯的比對當中，描述了一系列人間別離，主要包括兄弟別、夫妻別、情人別和友人別四種。

一、兄弟別

　　白居易寫作了大量描述與兄弟別離的詩作。如作於貞元三年（787）的《除夜寄弟妹》：

　　　　感時思弟妹，不寐百憂生。萬里經年別，孤燈此夜情。病容非舊日，歸思逼新正。早晚重歡會，羈離各長成。〔註3〕

詩人思念分別多年的弟妹難以入睡，唯有一盞孤燈陪伴，也同樣是這僅剩的一點燈火，給了詩人力量，讓詩人不至於陷入絕望的境地。想到與親人又相聚的情景，詩人對生活重新產生了希望。

　　又如約作於貞元十五年（799）的《自河南經亂關內阻饑兄弟離散各在一處因望月有感聊書所懷寄上浮梁大兄於潛七兄烏江十五兄兼示符離及下邽弟妹》：

　　　　時難年饑世業空，弟兄羈旅各西東。田園寥落干戈後，骨肉流離道路中。弔影分為千里雁，辭根散作九秋蓬。共看明月應垂淚，一夜鄉心五處同。〔註4〕

戰亂頻仍，家園荒殘，骨肉相別，四處飄泊。白居易嘗盡顛沛流離之苦，寥落淒涼，像深秋中斷根的蓬草般，飄轉無定，手足離散各在一方，猶如分飛千里的孤雁般，孤苦悽惶的詩人此時無比思念遠方的兄弟姐妹。

〔註3〕（唐）白居易著，謝思煒校注：《白居易詩集校注》，中華書局 2006 年版，第 1048 頁。

〔註4〕（唐）白居易著，謝思煒校注：《白居易詩集校注》，中華書局 2006 年版，第 1053 頁。

再如約作於元和二年丁亥（807）的《寄江南兄弟》：

> 分散骨肉戀，趨馳名利牽。一奔塵埃馬，一泛風波船。
> 忽憶分手時，惆默秋風前。別來朝復夕，積日成七年。花
> 落城中地，春深江上天。登樓東南望，鳥滅煙蒼然。相去
> 復幾許，道里近三千。平地猶難見，況乃隔山川。〔註5〕

辭別故鄉，流離四方，手足離散已七年，奈何隔著重重的山川，至今
無法相見。此外還有作於元和五年（810）的《別舍弟後月夜》：

> 悄悄初別夜，去住兩盤桓。行子孤燈店，居人明月軒。
> 平生共貧苦，未必日成歡。及此暫為別，懷抱已憂煩。況
> 是庭葉盡，復思山路寒。如何不為念？馬瘦衣裳單。〔註6〕

白居易在此用「孤燈」、「瘦馬」等具有悲劇意味的意象來表達離別之
際的傷痛。夜幕降臨，孤燈殘照，為骨肉之別平添了些許悲愴淒涼。

元和六年（811），白居易與兄弟相見，旋即又送兄弟回去，為此
而創作了《送兄弟回雪夜》，詩曰：

> 日晦雲氣黃，東北風切切。時從村南還，新與兄弟別。
> 離襟淚猶濕，回馬嘶未歇。欲歸一室坐，天陰多無月。夜
> 長火消盡，歲暮雨凝結。寂寞滿爐灰，飄零上階雪。對雪
> 盡寒灰，殘燈明覆滅。灰死如我心，雪白如我髮。所遇皆
> 如此，頃刻堪愁絕。回念入坐忘，轉憂作禪悅。平生洗心
> 法，正為今宵設。〔註7〕

在動亂時代，生離往往意味著死別。「殘燈明覆滅」是對人生短促無
常的唱歎，其實燈光並沒有變，變的只是詩人的心。「殘燈」意象反
映的其實不是燈的殘破，而是內心的孤殘。為骨肉之別平添了些許悲
愴淒涼。由於命運難以把握，白居易轉而寄心於佛教，他想要從禪坐
中尋求片刻安定，忘卻離別的苦痛。

〔註5〕（唐）白居易著，謝思煒校注：《白居易詩集校注》，中華書局 2006
　　　年版，第 726 頁。

〔註6〕（唐）白居易著，謝思煒校注：《白居易詩集校注》，中華書局 2006
　　　年版，第 738 頁。

〔註7〕（唐）白居易著，謝思煒校注：《白居易詩集校注》，中華書局 2006
　　　年版，第 787 頁。

　　大部分時間裏，白居易與骨肉兄弟都各在天一方。作於元和九年（814）《夜雨有念》云：

> 以道治心氣，終歲得晏然。何乃戚戚意，忽來風雨天？既非慕榮顯，又不恤飢寒。胡為悄不樂，抱膝殘燈前。形影闇相問，心默對以言。骨肉能幾人，各在天一端。吾兄寄宿州，吾弟客東川。南北五千里，吾身在中間。欲去病未能，欲住心不安。有如波上舟，此縛而彼牽。自我向道來，於今六七年。練成不二性，銷盡千萬緣。唯有恩愛火，往往猶熬煎。豈是藥無效，病多難盡蠲。〔註8〕

燈下愁思是詩人發自內心的哭訴。人們通常在無助之時，選擇抱膝的姿勢，是一種自保和自我安慰，漂泊不定的白居易此刻抱膝於燈下，或許是這突然而來的夜雨，觸動了詩人敏感的心，引發了詩人無涯的愁思，骨肉離散、不能相聚的無奈之感瞬間湧上心頭。面對這幽微無力的燈光，白居易抒發了他苦楚彷徨的感傷之情。

　　與白行簡的相別總是格外地讓白居易牽腸掛肚，《對酒示行簡》云：

> 今旦一樽酒，歡暢何怡怡。此樂從中來，他人安得知。兄弟唯二人，遠別恒苦悲。今春自巴峽，萬里平安歸。復有雙幼妹，笄年未結褵。昨日嫁娶畢，良人皆可依。憂念兩消釋，如刀斷羈縻。身輕心無繫，忽欲凌空飛。人生苟有累，食肉常如饑。我心既無苦，飲水亦可肥。行簡勸爾酒，停杯聽我辭。不歎鄉國遠，不嫌官祿微。但願我與爾，終老不相離。〔註9〕

白居易感歎與弟弟行簡的別離，既發出了「遠別恒苦悲」的悲歎，也發出「但願我與爾，終老不相離」的宏願，可是事實上在任何一個人的生命當中，「聚際必散」才是最終宿命，沒有永遠的相聚。白居易

〔註8〕（唐）白居易著，謝思煒校注：《白居易詩集校注》，中華書局 2006年版，第 808 頁。

〔註9〕（唐）白居易著，謝思煒校注：《白居易詩集校注》，中華書局 2006年版，第 644 頁。

又一次與行簡相別，其《別行簡》云：

> 漠漠病眼花，星星愁鬢雪。筋骸已衰憊，形影仍分訣。
> 梓州二千里，劍門五六月。豈是遠行時，火雲燒棧熱。何
> 言巾上淚，乃是腸中血。念此早歸來，莫作經年別。〔註10〕

白居易叮囑遠行的行簡，早日歸來。白居易因為自己骨肉分離，就格
外羨慕不用分離的人們，如《朱陳村》云：

> 徐州古豐縣，有村曰朱陳。去縣百餘里，桑麻青氛氳。
> 機梭聲札札，牛驢走紜紜。女汲澗中水，男採山上薪。縣
> 遠官事少，山深人俗淳。有財不行商，有丁不入軍。家家
> 守村業，頭白不出門。生為陳村民，死為陳村塵。田中老
> 與幼，相見何欣欣。一村唯兩姓，世世為婚姻。親疏居有
> 族，少長遊有群。黃雞與白酒，歡會不隔旬。生者不遠別，
> 嫁娶先近鄰。死者不遠葬，墳墓多繞村。既安生與死，不
> 苦形與神。所以多壽考，往往見玄孫。我生禮義鄉，少小
> 孤且貧。徒學辨是非，祇自取辛勤。世法貴名教，士人重
> 官婚。以此自桎梏，信為大謬人。十歲解讀書，十五能屬
> 文。二十舉秀才，三十為諫臣。下有妻子累，上有君親恩。
> 承家與事國，望此不肖身。憶昨旅遊初，迨今十五春。孤
> 舟三適楚，羸馬四經秦。晝行有饑色，夜寢無安魂。東西
> 不暫住，來往若浮雲。離亂失故鄉，骨肉多散分。江南與
> 江北，各有平生親。平生終日別，逝者隔年聞。朝憂臥至
> 暮，夕哭坐達晨。悲火燒心曲，愁霜侵鬢根。一生苦如此，
> 長羨陳村民。〔註11〕

朱陳村民「家家守村業，頭白不出門」，白居易與親友則離亂多散分；
朱陳村民「生者不遠別，嫁娶先近鄰」，白居易與親友則平生終日別，
因此，「夕哭坐達晨」的白居易說長羨「相見何欣欣」的朱陳村民。

〔註10〕（唐）白居易著，謝思煒校注：《白居易詩集校注》，中華書局 2006
　　　　年版，第 791 頁。

〔註11〕（唐）白居易著，謝思煒校注：《白居易詩集校注》，中華書局 2006
　　　　年版，第 777～778 頁。

能夠看出，白居易對於兄弟的思念已經滲透進他的血肉中，不管是在雨夜、月夜中獨處，還是在戰亂中遙望故鄉，對兄弟的思念總是如影隨形，讓白居易的心靈飽受煎熬。與兄弟們別離，內心的孤寂以及對親人們的牽掛是白居易銘心刻骨的痛苦經歷，這種情感體驗幾乎貫穿了白居易的一生。那些伴隨著奔波勞碌的羈旅之思，那些無法言說無法遣除的苦悶，壓得白居易痛苦難受，他只好借助詩歌將這份厚重的相思與鄉愁表達出來。

二、夫妻別

佛經認為夫妻離別之痛為三界苦惱之甚，《佛說菩薩修行經》云：「有妻子貪離別，所作行當自受，便獨趣隨苦毒，彼無有代痛者。」〔註12〕夫婦之別痛苦的根源是男女之恩愛，《大寶積經》云：「男女愛欲歡會分離而去，識身和合，戀結愛著，味玩慳悋，報盡分離，隨業受報，父母因緣中陰對之，以業力生識獲身果，愛情及業俱無形質，欲色相因而生於欲，是為欲因。」〔註13〕

白居易《續古詩十首》其八即描述夫妻相離之苦：

　　　　心亦無所迫，身亦無所拘。何為腸中氣，鬱鬱不得舒。
　　不舒良有以，同心久離居。五年不見面，三年不得書。念
　　　　此令人老，抱膝坐長籲。豈無盈尊酒，非君誰與娛。〔註14〕

行行重行行，與君生別離，一朝分別，山迢水遠，滿詩盡是離別之痛楚。夫婦別離，恩愛至悲。另如《井底引銀瓶》：

　　　　井底引銀瓶，銀瓶欲上絲繩絕。石上磨玉簪，玉簪欲
　　成中央折。瓶沉簪折知奈何，似妾今朝與君別。憶昔在家
　　為女時，人言舉動有殊姿。嬋娟兩鬢秋蟬翼，宛轉雙蛾遠

〔註12〕（西晉）白法祖譯：《佛說菩薩修行經》，《大正藏》卷十二，佛陀教育基金會出版部1990年版，第65頁。

〔註13〕（隋）闍那崛多譯：《大寶積經》卷一一〇，《大正藏》卷十一，佛陀教育基金會出版部1990年版，第614頁。

〔註14〕（唐）白居易著，謝思煒校注：《白居易詩集校注》，中華書局2006年版，第151頁。

山色。笑隨戲伴後園中，此時與君未相識。妾弄青梅憑短
牆，君騎白馬傍垂楊。牆頭馬上遙相顧，一見知君即斷腸。
知君斷腸共君語，君指南山松柏樹。感君松柏化為心，暗
合雙鬟逐君去。到君家舍五六年，君家大人頻有言。聘則
為妻奔是妾，不堪主祀奉蘋蘩。終知君家不可住，其奈出
門無去處。豈無父母在高堂，亦有親情滿故鄉。潛來更不
通消息，今日悲羞歸不得。為君一日恩，誤妾百年身。寄
言癡小人家女，慎勿將身輕許人。〔註15〕

世間男女，因為無明愚癡，並不了知「情愛不恒，愛戀須臾」〔註16〕
的道理，詩中的女子即是如此，故而離別之時愁苦不堪。再如《和微
之聽妻彈別鶴操，因為解釋其義，依韻加四句》：

義重莫若妻，生離不如死。誓將死同穴，其奈生無子。
商陵追禮教，婦出不能止。舅姑明旦辭，夫妻中夜起。起
聞雙鶴別，若與人相似。聽其悲喚聲，亦如不得已。青田
八九月，遼城一萬里。徘徊去住雲，嗚咽東西水。寫之在
琴曲，聽者酸心髓。……〔註17〕

水波嗚咽，恰似離思難收，渲染了夫妻別後的無限離愁。借古琴曲《別
鶴操》〔註18〕中的別鶴意象傳達夫妻相離之苦。

此外還有《上陽白髮人》：

上陽人，紅顏暗老白髮新。綠衣監使守宮門，一閉上
陽多少春。玄宗末歲初選入，入時十六今六十。同時採擇

〔註15〕（唐）白居易著，謝思煒校注：《白居易詩集校注》，中華書局2006
年版，第419頁。

〔註16〕（宋）法天譯：《妙法聖念處經》卷六，《大正藏》卷十七，佛陀教
育基金會出版部1990年版，第436頁。

〔註17〕（唐）白居易著，謝思煒校注：《白居易詩集校注》，中華書局2006
年版，第1684～1685頁。

〔註18〕蔡邕《琴操》曰：「《別鶴操》者，商陵牧子所作也。牧子娶妻，五
年無子，父兄欲為改娶。妻聞之，中夜驚起，倚戶悲嘯。牧子聞之，
援琴鼓之云：『痛恩愛之永離，歎別鶴以舒情。』故曰《別鶴操》，……
後仍為夫婦。」參見范煜梅編：《歷代琴學資料選》，四川教育出版
社2013年版，第24頁。

百餘人，零落年深殘此身。憶昔吞悲別親族，扶入車中不
教哭。皆云入內便承恩，臉似芙蓉胸似玉。未容君王得見
面，已被楊妃遙側目。妒令潛配上陽宮，一生遂向空房宿。
宿空房，秋夜長，夜長無寐天不明。耿耿殘燈背壁影，蕭
蕭暗雨打窗聲。春日遲，日遲獨坐天難暮。宮鶯百囀愁厭
聞，梁燕雙棲老休妒。鶯歸燕去長悄然，春往秋來不記年。
唯向深宮望明月，東西四五百回圓。今日宮中年最老，大
家遙賜尚書號。小頭鞋履窄衣裳，青黛點眉眉細長。外人
不見見應笑，天寶末年時世妝。上陽人，苦最多。少亦苦，
老亦苦，少苦老苦兩如何？君不見昔時呂向美人賦，又不
見今日上陽白髮歌。〔註19〕

詩中描寫了一位獨守空房的宮女。她日復一日的等待，不知道熬過了
多少個不眠之夜，因為失眠，秋天的夜晚顯得格外長，天似乎總還沒
有亮，她盼望著天亮，因為一旦天亮，生活可能會熱鬧一些，就不會
像現在這樣孤單。她只能在微弱的燈光下，靜靜聽著風雨拍打窗戶的
聲音，以此來打發這沒有看不到盡頭的黑夜。

《寒閨怨》同樣表現了夫妻離別之苦，詩云：

寒月沉沉洞房靜，真珠簾外梧桐影。秋霜欲下手先知，
燈底裁縫剪刀冷。〔註20〕

在這冷清清的月光下，靜悄悄的房屋中，思婦仍沒有睡。她手上拿著
剪刀，在裁縫衣服，忽然，她感到剪刀冰涼，連手也覺得冷起來了。
隨即想起，是秋深了，要下霜了。秋霜欲下，玉手先知。暮秋深夜，
這位閨中少婦趕製寒衣要寄給遠方的征夫。

最後來看《陵園妾》：

陵園妾，顏色如花命如葉。命如葉薄將奈何？一奉
寢宮年月多。年月多，春愁秋思知何限？青絲髮落叢鬢

〔註19〕（唐）白居易著，謝思煒校注：《白居易詩集校注》，中華書局 2006
年版，第 298 頁。

〔註20〕（唐）白居易著，謝思煒校注：《白居易詩集校注》，中華書局 2006
年版，第 1570 頁。

疏，紅玉膚銷繫裙緩。憶昔宮中被妒猜，因讒得罪配陵來。老母啼呼趁車別，中官監送鎖門回。山宮一閉無開日，未死此身不令出。松門到曉月徘徊，柏城盡日風蕭瑟。松門柏城幽閉深，聞蟬聽燕感光陰。眼看菊蕊重陽淚，手把梨花寒食心。把花掩淚無人見，綠蕪牆繞青苔院。四季徒支妝粉錢，三朝不識君王面。遙想六宮奉至尊，宣徽雪夜浴堂春。雨露之恩不及者，猶聞不啻三千人。三千人，我爾君恩何厚薄，願令輪轉直陵園，三歲一來均苦樂。〔註21〕

為皇帝守陵的宮人離開皇宮，不僅永遠也沒有機會再見到君王，同時再無機會與家中親人見面，這一別就是一輩子，薄命如葉、命途多舛。從此在無盡的愁思中虛度年華，任憑紅顏老去，在陵園中終老一生。

三、情人別

佛經有云：「男女愛如初月輪，皆隨喜捨歸圓寂」〔註22〕，最終都會「暫有亦復歸滅」〔註23〕。愛情是非常容易消逝的一種情感。湘靈是白居易青年時期的戀人，後來分別了，白居易寫作了多首詩作記錄他與湘靈的離別。

白居易少年時的鄰家中，有一個和他青梅竹馬兩小無猜的女子，名字曼妙，喚作湘靈。白居易曾寫《鄰女》來讚歎她：

娉婷十五勝天仙，白日姮娥旱地蓮。何處閒教鸚鵡語，碧紗窗下繡床前。〔註24〕

〔註21〕（唐）白居易著，謝思煒校注：《白居易詩集校注》，中華書局 2006 年版，第 408～409 頁。

〔註22〕毘舍佉造，（唐）義淨譯：《根本說一切有部毘奈耶頌》卷下，《大正藏》卷二十四，佛陀教育基金會出版部 1990 年版，第 657 頁。

〔註23〕（後秦）竺佛念譯：《出曜經》卷三十，《大正藏》卷四，佛陀教育基金會出版部 1990 年版，第 775 頁。

〔註24〕（唐）白居易著，謝思煒校注：《白居易詩集校注》，中華書局 2006 年版，第 1572 頁。

貞元十四年（798），白居易往饒州依長兄，這期間他寫了多首懷念湘靈的詩，如《寄湘靈》云：

> 淚眼凌寒凍不流，每經高處即回頭。遙知別後西樓上，應憑欄干獨自愁。〔註25〕

其辭悲苦，聲淚俱下，他因思念湘靈而落淚，常常登高回望湘靈所在之處，而白居易還想像著湘靈此刻必定也在登高獨倚欄杆思念著自己，心心相惜，一片真情，別離的惆悵浸滿詩篇。作於同一時期的還有《寒閨夜》：

> 夜半衾裯冷，孤眠懶未能。籠香銷盡火，巾淚滴成冰。為惜影相伴，通宵不滅燈。〔註26〕

《長相思》也是這一時期的作品：

> 九月西風興，月冷露華凝。思君秋夜長，一夜魂九升。二月東風來，草坼花心開。思君春日遲，一日腸九回。妾住洛橋北，君住洛橋南。十五即相識，今年二十三。有如女蘿草，生在松之側。蔓短枝苦高，縈回上不得。人言人有願，願至天必成。願作遠方獸，步步比肩行。願作深山林，枝枝連理生。〔註27〕

秋夜相思，春來相思，自秋到春，一年四季無不在相思，怨慕流連、相思入骨，感人至深。

貞元十七年（800），二十九歲的白居易考中進士，及第後回洛陽省親，但與湘靈的戀愛卻沒有結果，白居易懷著極其痛苦的心情離開了家，並寫了三首懷念湘靈的詩：《冬至夜懷湘靈》、《邯鄲冬至夜思家》和《感秋寄遠》。

作於貞元二十年（804）的《冬至夜懷湘靈》深透著愛而不得的

〔註25〕（唐）白居易著，謝思煒校注：《白居易詩集校注》，中華書局 2006年版，第 1057 頁。

〔註26〕（唐）白居易著，謝思煒校注：《白居易詩集校注》，中華書局 2006年版，第 1056 頁。

〔註27〕（唐）白居易著，謝思煒校注：《白居易詩集校注》，中華書局 2006年版，第 918～919 頁。

苦楚：

> 豔質無由見，寒衾不可親。何堪最長夜，俱作獨眠人。
〔註28〕

愛情飄忽，渺茫難尋，憑空的思念讓人無可奈何，作於貞元二十年
（804）《邯鄲冬至夜思家》寄託著深深的相思，詩云：

> 邯鄲驛裏逢冬至，抱膝燈前影伴身。想得家中夜深坐，
還應說著遠行人。〔註29〕

冬至夜原本應該跟家人團聚，可是此時的詩人正夜宿於邯鄲驛站中，
唯有自己的影子相伴，是有多麼無助無奈才讓詩人「抱膝燈前」。末
句不言自己思念家人，而言家人會在深夜惦念著遠行的自己，無奈苦
澀又加一倍。這首詩寫作的時間與前兩首相去甚邇，從內容和感情基
調看，這裡的家人應該是指湘靈。

　　還有約作於貞元十九年（803）至永貞元年（805）的《感秋寄遠》
同樣充滿憂愁，詩曰：

> 惆悵時節晚，兩情千里同。離憂不散處，庭樹正秋
風。燕影動歸翼，蕙香銷故叢。佳期與芳歲，牢落兩成
空。〔註30〕

年齡漸增，可婚期卻茫然無期，怎能不讓人感到牢落呢？白居易感情
受挫，感到糾結苦澀。

　　世事變幻莫測，人生多劫多難，元和三年（808），三十七歲的白
居易與門第不高的鄰女湘靈分手，與楊汝士之從妹成親。弘農楊氏乃
名門望族，歐陽修《楊侃墓誌銘》云：

> 楊氏嘗以族顯於漢，為三公者四世。漢之亂，更魏涉
晉，戕賊於夷胡，而漢之大人苗裔盡矣。比數百歲，下而

〔註28〕（唐）白居易著，謝思煒校注：《白居易詩集校注》，中華書局 2006
年版，第 1035 頁。

〔註29〕（唐）白居易著，謝思煒校注：《白居易詩集校注》，中華書局 2006
年版，第 1034 頁。

〔註30〕（唐）白居易著，謝思煒校注：《白居易詩集校注》，中華書局 2006
年版，第 1007～1008 頁。

及唐，然楊氏之後獨在。大和、開成之間，曰汝士者與虞卿、魯士、漢公，又以名顯於唐，居靖恭坊楊氏者，大以其族著。〔註31〕

毋庸置疑，白居易與楊氏締結了一場政治婚姻。縱然白居易萬般不願意，甚至發出了「世法貴名教，士人重官婚。以此自桎梏，信為大謬人」〔註32〕的吶喊，但是終究無法改變愛情被扼殺的命運。白居易只得將自己對湘靈的這份思念深深埋藏於詩中，例如這首《夜雨》：

我有所念人，隔在遠遠鄉。我有所感事，結在深深腸。鄉遠去不得，無日不瞻望。腸深解不得，無夕不思量。況此殘燈夜，獨宿在空堂。秋天殊未曉，風雨正蒼蒼。不學頭陀法，前心安可忘？〔註33〕

這無疑是一首悼念初戀的詩，與湘靈美麗的情事最終沒有結果，湘靈漸漸從白居易的世界裏消失。然而婚後三年，年已四十的白居易寫下這首詩，「蒼蒼風雨」、「殘燈」等意象是白居易孤苦伶仃的生活的再現，他試圖用各種頭陀法平息這一段揮之不去，斬之不斷的情債。

元和七年（812），白居易回到下邽渭村，看到湘靈贈給自己的一方鏡子，又一次想起了湘靈，作《感鏡》詩云：

美人與我別，留鏡在匣中。自從花顏去，秋水無芙蓉。經年不開匣，紅埃覆青銅。今朝一拂拭，自照憔悴容。照罷重惆悵，背有雙盤龍。〔註34〕

白居易睹物思人，表面為感鏡，實則感歎年華流逝，與戀人從此不復相見。青銅鏡後的雙盤龍象徵著白居易美好願望的落空，因為求不得所以苦楚加倍。

〔註31〕（宋）歐陽修：《歐陽修全集》卷六十二，中華書局 2001 年版，第911 頁。

〔註32〕（唐）白居易著，謝思煒校注：《朱陳村》，《白居易詩集校注》，中華書局 2006 年版，第 777 頁。

〔註33〕（唐）白居易著，謝思煒校注：《白居易詩集校注》，中華書局 2006 年版，第 783 頁。

〔註34〕（唐）白居易著，謝思煒校注：《白居易詩集校注》，中華書局 2006 年版，第 802 頁。

　　元和十年（815），詩人在從長安到江州的途中，偶然遇到了正在漂泊的湘靈父女，可是又能如何，還是苦澀，仍是無奈。遂作《逢舊》：

　　　　我梳白髮添新恨，君掃青蛾減舊容。應被傍人怪惆悵，
　　少年離別老相逢。〔註35〕

這時白居易已經四十四歲，湘靈也四十歲了，但未結婚。這首詩裏白居易用到了「恨」字，是恨命運弄人嗎？是覺得遺憾嗎？亦可能兩者兼有。

　　元和十二年（817），白居易還是一往情深地懷念湘靈，把湘靈贈送的紀念品——她親手做的一雙鞋，一同帶到被貶謫的地方。因為怕江州梅雨的侵蝕，便將鞋子放在太陽光下曬曬，於是寫下了這首《感情》：

　　　　中庭曬服玩，忽見故鄉履。昔贈我者誰？東鄰嬋娟子。
　　因思贈時語，特用結終始。永願如履綦，雙行復雙止。自
　　吾謫江郡，漂蕩三千里。為感長情人，提攜同到此。今朝
　　一惆悵，反覆看未已。人隻履猶雙，何曾得相似？可嗟復
　　可惜，錦表繡為裏。況經梅雨來，色暗花草死。〔註36〕

此時距離送履之時，大約已過了二十來年，而繾綣之情，一分不減，可以想見當初白居易湘靈二人被迫分開時的痛苦。

　　白居易曾寫過好幾首隱晦苦澀的詩，疑皆係寄其早年戀人湘靈之作。如約作於元和三年（808）至元和五年（810）的《涼夜有懷》，詩曰：

　　　　念別感時節，早蛩聞一聲。風簾夜涼入，露簟秋意
　　生。燈盡夢初罷，月斜天未明。暗凝無限思，起傍藥欄
　　行。〔註37〕

〔註35〕（唐）白居易著，謝思煒校注：《白居易詩集校注》，中華書局 2006
　　　　年版，第 1220 頁。

〔註36〕（唐）白居易著，謝思煒校注：《白居易詩集校注》，中華書局 2006
　　　　年版，第 831 頁。

〔註37〕（唐）白居易著，謝思煒校注：《白居易詩集校注》，中華書局 2006
　　　　年版，第 1098 頁。

此時白居易應新婚燕爾，卻「暗凝無限思」，將對湘靈的思念深埋心底。

另如作於長慶元年（821）的《寄遠》，詩曰：

> 欲忘忘未得，欲去去無由。兩腋不生翅，二毛空滿頭。坐看新落葉，行上最高樓。暝色無邊際，茫茫盡眼愁。〔註38〕

白居易跟湘靈離披多年卻不得相見，他要忘記卻做不到，但又不能去尋找，恨不得腋下能生長出翅膀，這樣的無奈無疑是令人憂愁的，他把自己的愁緒全部傾注到了詩裏：他踽踽獨行、登高遠眺，無邊無際的黃昏盡是憂愁的顏色。

還有約作於元和十一年（816）至長慶二年（822）的《怨詞》，詩曰：

> 奪寵心那慣，尋思倚殿門。不知移舊愛，何處作新恩。〔註39〕

這首詩疑似寫無法忘卻湘靈，對楊妻沒有生起真正的愛意。

另外，作於長慶二年（822）以前的《板橋路》，疑似回憶當年與湘靈離別的場景，詩曰：

> 梁苑城西二十里，一渠春水柳千條。若為此路今重過，十五年前舊板橋。曾共玉顏橋上別，不知消息到今朝。〔註40〕

如按照相關歷史材料，那麼，這裡的板橋路在汴州西〔註41〕。然而，

〔註38〕（唐）白居易著，謝思煒校注：《白居易詩集校注》，中華書局 2006年版，第 1535 頁。

〔註39〕（唐）白居易著，謝思煒校注：《白居易詩集校注》，中華書局 2006年版，第 1570 頁。

〔註40〕（唐）白居易著，謝思煒校注：《白居易詩集校注》，中華書局 2006年版，第 1567 頁。

〔註41〕《太平廣記》卷二八二《張生》（出《纂異記》）云：「自河朔還汴州，晚出鄭州門，到板橋，已昏黑矣。」卷二八六《板橋三娘子》（出《河東記》）：「唐汴州西有板橋店，店娃三娘子者，不知何從來。」參見（宋）李昉編纂：《太平廣記》卷一，國家圖書館出版社 2009 年版，

筆者竊以為，這裡的板橋極有可能是指代湘靈和白居易住處相隔的洛橋〔註42〕，而不是實指汴州西之板橋。詩中「十五年前」，為元和二年（807），要知道再過一年，也即元和三年（808），白居易便與楊氏結婚。那麼極有可能，十五年前，白居易與昔日的戀人在洛橋深情話別。一支柳，一寸柔情，「柳」者，留也，以柳喻留，「不知消息到今朝」也反映了白居易時時掛念著曾經橋上相別的「玉顏」。寫得非常深婉，然而仍然留下了很多思念的痕跡。還有下面這首《南浦別》也是寫與湘靈的離別，詩曰：

> 南浦淒淒別，西風嫋嫋秋。一看腸一斷，好去莫回頭。

〔註43〕

淒淒南浦、嫋嫋西風，送君千里，終有一別，可是彼此卻很捨不得，離人反覆地回頭看，詩人只好勸離人「好去莫回頭」——你安心離去，不要回頭啊。其實此時的詩人應該想藉此控制一下難以自抑的心情，而非想讓離人趕快離開。兩心相惜，離愁別緒之沉重肆意彌漫開來。

　　白居易還寫過一種是連道別儀式都沒有的別離，應是當時自己與湘靈被迫分別的寫照，《潛別離》云：

> 不得哭，潛別離。不得語，暗相思。兩心之外無人知。
> 深籠夜鎖獨棲鳥，利劍春斷連理枝。河水雖濁有清日，烏
> 頭雖黑有白時。唯有潛離與暗別，彼此甘心無後期。〔註44〕

第 517、570 頁。王士禎《隴蜀餘聞》云：「唐人記板橋三娘子事甚怪異，板橋在今中牟縣東十五里，白樂天詩：『梁苑城西三十里，一渠春水柳千條。若為此路今重過，十五年前舊板橋。』李義山亦有《板橋曉別》詩，皆此地。」參見（清）王士禎著，（清）張宗柟纂集、戴鴻森校點：《帶經堂詩話》卷十三，人民文學出版社 1998 年版，第 350 頁。

〔註42〕《長相思》：「妾住洛橋北，君住洛橋南。」參見（唐）白居易著，謝思煒校注：《白居易詩集校注》，中華書局 2006 年版，第 919 頁。

〔註43〕（唐）白居易著，謝思煒校注：《白居易詩集校注》，中華書局 2006 年版，第 1497 頁。

〔註44〕（唐）白居易著，謝思煒校注：《白居易詩集校注》，中華書局 2006 年版，第 959 頁。

年輕的詩人與少時的戀人湘靈即將從此分離，這深深觸動了白居易的心弦，他吟唱出這支悲傷的曲目，但是，這支別離的歌曲他是那麼刻意地唱得平靜坦然，文字裏隱藏著詩人的壓抑和故作鎮靜。此別可謂黯然銷魂，儘管表面上，詩人顯得理性與豁達，但是通過對黑夜裏獨自棲息的鳥兒，還有被斬斷的連理枝的渲染，還是可以看到「無後期」背後所蘊含的痛苦。

　　向來以淺近直白著稱的白居易，還寫作了一首朦朧含蓄的《花非花》，該詩與白居易一貫的詩風異常迥異，同上面幾首詩一樣，應也是寫給湘靈的：

　　　　花非花，霧非霧，夜半來，天明去。來如春夢幾多時？
　　去似朝雲無覓處。〔註45〕

越是深情，越是想要掩飾。此詩與《真娘墓》、《簡簡吟》的情調相類，都表現了一種對於生活中存在過，而又消逝了的美好的人與物的追念、惋惜之情。

　　寶曆元年（825），白居易在從杭州回洛京的途中，發現昔日村鄰變換，湘靈不知去向。白居易因此而創作了《勸酒》：

　　　　昨與美人對尊酒，朱顏如花腰似柳。今與美人傾一杯，秋風颯颯頭上來。年光似水向東去，兩鬢不禁白日催。東鄰起樓高百尺，璿題照日光相射。珠翠無非二八人，盤筵何啻三千客。鄰家儒者方下帷，夜誦古書朝忍饑。身年三十未入仕，仰望東鄰安可期。一朝逸翮乘風勢，金榜高張登上第。春闈未了冬登科，九萬搏風誰與繼？不逾十稔居臺衡，門前車馬紛縱橫。人人仰望在何處，造化筆頭雲雨生。東鄰高樓色未改，主人云亡息猶在。金玉車馬一不存，朱門更有何人待？牆垣反鎖長安春，樓臺漸漸屬西鄰。松篁薄暮亦棲鳥，桃李無情還笑人。憶昔東鄰宅初搆，雲甍彩棟皆非舊。玳瑁筵前翡翠樓，芙蓉池上鴛鴦鬥。日往月

〔註45〕（唐）白居易著，謝思煒校注：《白居易詩集校注》，中華書局 2006 年版，第 972 頁。

來凡幾秋，一衰一盛何悠悠。但教帝里笙歌在，池上年年醉五侯。〔註46〕

此時的白居易回憶起昔日之事，三十歲的時候，遲遲不肯去入仕做官，是為了等待湘靈啊。那個時候湘靈居住的房子「雲甍彩棟皆非舊。玳瑁筵前翡翠樓，芙蓉池上鴛鴦鬥。」此時的東鄰女家的房子還在，氣息猶存，可是人卻不在了，人事俱非，憂愁痛感籠罩全詩。這是白居易最後一首有關湘靈的詩作，此時與湘靈離別已近三十年。

四、友人別

中唐時期社會動亂以及政治動盪常常使白居易和友人們顛沛流離，白居易別離的詩歌寫得尤其多，尤其動情。

與元稹相別，總是讓詩人格外掛懷，別離後寫下了許多深情的詩章，如：

渺渺江陵道，相思遠不知。近來文卷裏，半是憶君詩。〔註47〕

蒲池村裏匆匆別，澧水橋邊兀兀回。行到城門殘酒醒，萬重離恨一時來。〔註48〕

澧頭峽口錢唐岸，三別都經二十年。且喜筋骸俱健在，勿嫌鬚鬢各皤然。君歸北闕朝天帝，我住東京作地仙。博望自來非棄置，承明重入莫拘牽。醉收杯杓停燈語，寒展衾裯對枕眠。猶被分司官繫絆，送君不得過甘泉。〔註49〕

〔註46〕（唐）白居易著，謝思煒校注：《白居易詩集校注》，中華書局 2006 年版，第 2892～2893 頁。

〔註47〕（唐）白居易著，謝思煒校注：《憶元九》，《白居易詩集校注》，中華書局 2006 年版，第 1113 頁。

〔註48〕（唐）白居易著，謝思煒校注：《醉後卻寄元九》，《白居易詩集校注》，中華書局 2006 年版，第 1191 頁。

〔註49〕（唐）白居易著，謝思煒校注：《酬別微之》，《白居易詩集校注》，中華書局 2006 年版，第 2183～2184 頁。

作於元和十二年（817）的《題詩屏風絕句》寫得尤其深情，詩序云：

> 十二年冬，微之猶滯通州，予亦未離湓上，相去萬里，不見三年，鬱鬱相念，多以吟詠自解。前後辱微之寄示之什，殆數百篇，雖藏於篋中，永以為好，不若置之座右，如見所思。由是摭律句中短小麗絕者，凡一百首，手自題錄，合為一屏，舉目會心，參若其人在於前矣。前輩作事，多出偶然。則安知此屏，不為好事者所傳，異日作九江一故事爾？因題絕句，聊以獎之。〔註50〕

與元稹分別已有三年之久，白居易瞻念彌深，他把元稹寄給他的數百詩篇，整理出一百篇，寫在屏風上——「相憶採君詩作障」〔註51〕，情真意切。

與友人錢徽別離時，白居易頗覺傷感，創作了《渭村退居寄禮部崔侍郎翰林錢舍人詩一百韻》，有「聚散期難定，飛沉勢不常。五年同晝夜，一別似參商。」〔註52〕之句，展現出白居易在苦難之中別緒尤多。他的擔心或許還在於，每一次相別，有可能永無再見的機會。多情自古傷別離，聚散如同參商一般，既是別離的悲哀，也是人生的悲哀。

與裴度分別時，白居易贈鶴以託美好的祝願。作於大和二年（818）的《送鶴與裴相臨別贈詩》云：

> 司空愛爾爾須知，不信聽吟送鶴詩。羽翮勢高寧惜別，稻粱恩厚莫愁饑。夜棲少共難爭樹，曉浴先饒鳳占池。穩上青雲勿回顧，的應勝在白家時。〔註53〕

與專門來忠州看望自己的親友別離，感到非常不捨，《留北客》云：「峽

〔註50〕（唐）白居易著，謝思煒校注：《白居易詩集校注》，中華書局 2006 年版，第 1373～1374 頁。

〔註51〕（唐）白居易著，謝思煒校注：《題詩屏風絕句》，《白居易詩集校注》，中華書局 2006 年版，第 1374 頁。

〔註52〕（唐）白居易著，謝思煒校注：《白居易詩集校注》，中華書局 2006 年版，第 1151 頁。

〔註53〕（唐）白居易著，謝思煒校注：《白居易詩集校注》，中華書局 2006 年版，第 2040 頁。

外相逢遠，樽前一會難。即須分手別，且強展眉歡。」〔註54〕因為不捨，所以只能強展眉歡。

　　秋日裏在江上送別友人，此時杜鵑似乎在啼哭、竹子似乎也被湘妃的血淚染紅，《江上送客》云：

　　　　江花已萎絕，江草已消歇。遠客何處歸，孤舟今日發。杜鵑聲似哭，湘竹斑如血。共是多感人，仍為此中別。〔註55〕

「江花已萎絕，江草已消歇」顯示出物候的變化，既點名了分別的時地，又烘托了出一種聚散無常、人生如寄之感。

　　在送別友人的夜宴中，滿座皆愁，如作於大和四年（830）的《夜宴惜別》：

　　　　笙歌旖旎曲終頭，轉作離聲滿坐愁。箏怨朱弦從此斷，燭啼紅淚為誰流？夜長似歲歡宜盡，醉未如泥飲莫休。何況雞鳴即須別，門前風雨冷修修。〔註56〕

彈奏的箏弦斷了，蠟燭在燃燒的過程中，不停地流著紅紅的蠟淚，充分反映了詩人在宴別時的傷感之情。

　　白居易還記錄了與劉禹錫相別的經歷。作於大和五年（831）的《醉中重留夢得》云：「劉郎劉郎莫先起，蘇臺蘇臺隔雲水。酒盞來從一百分，馬頭去便三千里。」〔註57〕這裡的離別還是充滿豪情的壯行，滿篇的丈夫氣。全篇以「酒盞」一詞串聯起情感的線索，把自己對於友人離別的種種不捨描摹出來，既然難以表達這離愁別緒，那就先滿飲此杯吧！到友人離去的第二年，即大和六年（832），

〔註54〕（唐）白居易著，謝思煒校注：《白居易詩集校注》，中華書局 2006年版，第 1451 頁。

〔註55〕（唐）白居易著，謝思煒校注：《白居易詩集校注》，中華書局 2006年版，第 860 頁。

〔註56〕（唐）白居易著，謝思煒校注：《白居易詩集校注》，中華書局 2006年版，第 2216～2217 頁。

〔註57〕（唐）白居易著，謝思煒校注：《白居易詩集校注》，中華書局 2006年版，第 2159 頁。

白居易寫下《憶夢得》一詩，詩曰：「齒髮各蹉跎，疏慵與病和。愛花心在否，見酒興如何？年長風情少，官高俗慮多。幾時紅燭下，聞唱竹枝歌？」〔註58〕離別才一年，這時的白居易一改之前的豪情，變得低沉起來，此刻的白居易想念劉禹錫，並與友人相約下一次的見面。

白居易還在詩中直呈對友人崔玄亮的思念，希望他能盡快回到洛陽來相聚。如作於大和六年（832）的《憶晦叔》，詩曰：

遊山弄水攜詩卷，看月尋花把酒杯。六事盡思君作伴，幾時歸到洛陽來？〔註59〕

白居易曾感歎離別時感情的輕重與彼此的情義相關，如《留別》云：「況與有情別，別隨情淺深。」〔註60〕又如與此詩作於同一時期的《曉別》，詩曰：

曉鼓聲已半，離筵坐難久。請君斷腸歌，送我和淚酒。月落欲明前，馬嘶初別後。浩浩暗塵中，何由見回首？〔註61〕

感情直接強烈，「斷腸」歌、「和淚」酒用意是極為深長的，其中，既有自己強烈的不捨，也體察到友人的不捨，別離的對象應該是白居易相識多年的朋友。

在白居易所處的時代，交通不便、世事不平。與友人分別的時候，白居易最擔心的莫過於友人的安全了。友人去東川，白居易說「見說瞿塘峽，斜銜灧澦根。難於尋鳥路，險過上龍門。羊角風頭急，桃花水色渾。山回若鼇轉，舟入似鯨吞。岸合愁天斷，波跳恐地翻。憐君

〔註58〕 （唐）白居易著，謝思煒校注：《白居易詩集校注》，中華書局 2006 年版，第 2109 頁。

〔註59〕 （唐）白居易著，謝思煒校注：《白居易詩集校注》，中華書局 2006 年版，第 2099 頁。

〔註60〕 （唐）白居易著，謝思煒校注：《白居易詩集校注》，中華書局 2006 年版，第 768 頁。

〔註61〕 （唐）白居易著，謝思煒校注：《白居易詩集校注》，中華書局 2006 年版，第 769 頁。

經此去，為感主人恩。」〔註62〕夜晚時分，送孟司功，白居易叮嚀道：
「江暗管絃急，樓明燈火高。湖波翻似箭，霜草殺如刀。且莫開徵棹，
陰風正怒號。」〔註63〕友人去嶺南春遊，白居易送別時為他們感到擔
憂，因為知道嶺南之地環境險惡：

> 翕鬱三光晦，溫暾四氣勻。陰晴變寒暑，昏曉錯星辰。
> 瘴地難為老，蠻陬不易馴。土民稀白首，洞主盡黃巾。戰
> 艦猶驚浪，戎車未息塵。（時黃家賊方動）紅旗圍卉服，紫
> 綬裹文身。面苦桃榔裛，漿酸橄欖新。牙檣迎海舶，銅鼓
> 賽江神。不凍貪泉暖，無霜毒草春。雲煙蟒蛇氣，刀劍鱷
> 魚鱗。〔註64〕

末了，白居易還不忘囑以善道——「憂道不憂貧。」〔註65〕深蘊真情
篤意。

友人蕭處士去黔南遊玩，白居易寫道：「江從巴峽初成字，猿過
巫陽始斷腸。不醉黔中爭去得，磨圍山月正蒼蒼。」〔註66〕既寫愁猿，
又寫山月，並將它們同置於幽深淒涼的巴峽中，對於友人未來處境的
擔憂溢於紙上。

友人去湖南，白居易提前告知一路上可能的遭遇：「山鬼趫跳唯
一足，峽猿哀怨過三聲。帆開青草湖中去，衣濕黃梅雨裏行。」〔註
67〕與友人分別，也意味著要和過去的自己說再見，與過去的一段時

〔註62〕（唐）白居易著，謝思煒校注：《送友人上峽赴東川辟命》，《白居易
　　　　詩集校注》，中華書局 2006 年版，第 1370 頁。
〔註63〕（唐）白居易著，謝思煒校注：《夜送孟司公》，《白居易詩集校注》，
　　　　中華書局 2006 年版，第 1371 頁。
〔註64〕（唐）白居易著，謝思煒校注：《送客春遊嶺南二十韻》，《白居易詩
　　　　集校注》，中華書局 2006 年版，第 1349 頁。
〔註65〕（唐）白居易著，謝思煒校注：《送客春遊嶺南二十韻》，《白居易詩
　　　　集校注》，中華書局 2006 年版，第 1349 頁。
〔註66〕（唐）白居易著，謝思煒校注：《送蕭處士遊黔南》，《白居易詩集校
　　　　注》，中華書局 2006 年版，第 1458 頁。
〔註67〕（唐）白居易著，謝思煒校注：《送客之湖南》，《白居易詩集校注》，
　　　　中華書局 2006 年版，第 1292 頁。

間和生命說再見,是非常痛心和無奈的。

白居易總是能用宏大的篇幅,深情的筆觸,繪製出人間別離圖譜,展示出無人能幸免的亙古離情。

第二節　悲莫生別離與苦莫愛別離

白居易的別離詩,寫盡了人間生別離之沉痛,深刻反映了愛別離苦的題旨:無論是與骨肉兄弟分別後的苦悶,還是與少時戀人分開後的落寞,都是煩惱,都是求不得苦。

在白居易眼中,人世間有無數種恩愛別離,分別無處不在,有的已別,有的將別,如《白髮》云:「親愛日零落,在者仍別離。」〔註68〕分別不可不謂頻繁,《送客春遊嶺南二十韻》云:「已訝遊何遠,仍嗟別太頻。」〔註69〕人生天地間,忽如遠行客。凡是有聚際就必定有散日,凡是有積際就必定有盡日。正如《根本說一切有部毘奈耶雜事》云:「世間無常,悉皆離別」〔註70〕《正法念處經》也謂:「親愛及兄弟,親友皆別離。」〔註71〕《佛說大般泥洹經》亦云:「世間諸親戚,眷屬皆別離。」〔註72〕因此愛別離苦存在於別離的角角落落中,《舍利弗阿毘曇論》云:「云何愛別離,若愛喜適意,若父母兄弟姊妹妻子,若親厚諸臣眷屬,適意色聲香味觸法,眾生若不共彼居不親近獨不雜異不相應別離,是名愛別離。」〔註73〕

〔註68〕（唐）白居易著,謝思煒校注:《白居易詩集校注》,中華書局 2006 年版,第 754 頁。

〔註69〕（唐）白居易著,謝思煒校注:《白居易詩集校注》,中華書局 2006 年版,第 1349 頁。

〔註70〕（唐）義淨譯:《根本說一切有部毘奈耶雜事》卷三十八,《大正藏》卷二十四,佛陀教育基金會出版部 1990 年版,第 400 頁。

〔註71〕（元魏）瞿曇般若流支譯:《正法念處經》卷三十五,《大正藏》卷十七,佛陀教育基金會出版部 1990 年版,第 207 頁。

〔註72〕（東晉）法顯譯:《佛說大般泥洹經》卷一,《大正藏》卷十二,佛陀教育基金會出版部 1990 年版,第 859 頁。

〔註73〕（後秦）曇摩耶舍共曇摩崛多等譯:《舍利弗阿毘曇論》卷四,《大正藏》卷二十八,佛陀教育基金會出版部 1990 年版,第 553 頁。

白居易在詩中寫盡別離的種種痛苦。如《雨中聽琴者彈別鶴操》
云：「雙鶴分離一何苦，連陰雨夜不堪聞。」〔註74〕又如《洪州逢熊
孺登》云：「莫問別來多少苦，低頭看取白髭鬚。」〔註75〕此外，白
居易還曾以「生別離」為題寫作雜曲歌辭抒發別離悲感，詩曰：

　　食櫱不易食梅難，櫱能苦兮梅能酸。未如生別之為難，
苦在心兮酸在肝。晨雞再鳴殘月沒，征馬連嘶行人出。回
看骨肉哭一聲，梅酸櫱苦甘如蜜。黃河水白黃雲秋，行人
河邊相對愁。天寒野曠何處宿，棠梨葉戰風颼颼。生離別，
生離別，憂從中來無斷絕。憂極心勞血氣衰，未年三十生
白髮。〔註76〕

別離之痛，一言以蔽之：悲莫悲兮生別離。殘月、即將遠行的馬匹、
哭聲、黃河水、蕭索的秋天、片片黃雲等淒慘蒼茫的景象，構成了別
離的意象群體，顯示出百世同傷、萬古同愁的離別悲情。

　　別離時所受的苦具足了苦苦、行苦和壞苦，《阿毘達磨法蘊足論》
云：「復次愛別離時，受三種苦，一者苦苦，二者行苦，三者壞苦，故
名愛別離苦。」〔註77〕對於三苦，《阿毘達磨集異門足論》如是解釋：

　　三苦性者：一苦苦性、二壞苦性、三行苦性。苦苦性
云何？答：「欲界諸行由苦苦故苦。」壞苦性云何？答：「色
界諸行由壞苦故苦。」行苦性云何？答：「無色界諸行由行
苦故苦。」〔註78〕

白居易對這三苦都有論及。如談及別離之時的苦苦，其《續古詩十首》

〔註74〕（唐）白居易著，謝思煒校注：《白居易詩集校注》，中華書局 2006
　　　　年版，第 2505 頁。
〔註75〕（唐）白居易著，謝思煒校注：《白居易詩集校注》，中華書局 2006
　　　　年版，第 1412 頁。
〔註76〕（唐）白居易著，謝思煒校注：《白居易詩集校注》，中華書局 2006
　　　　年版，第 900 頁。
〔註77〕尊者大目乾連造，（唐）玄奘譯：《阿毘達磨法蘊足論》卷六，《大正
　　　　藏》卷二十六，佛陀教育基金會出版部 1990 年版，第 480 頁。
〔註78〕尊者舍利子說，（唐）玄奘譯：《阿毘達磨法蘊足論》卷五，《大正藏》
　　　　卷二十六，佛陀教育基金會出版部 1990 年版，第 384 頁。

其八云：「不舒良有以，同心久離居。……念此令人老，抱膝坐長籲。」
〔註 79〕別離讓人感受到歲月時日的迫促，在憂慮中進行著無奈的掙
扎。又其《寄湘靈》云：「遙知別後西樓上，應憑欄干獨自愁。」〔註
80〕別離讓相愛的人不能廝守在一起，倍感憂愁。白居易也談及別離
之時的壞苦，如《對酒示行簡》先言飲酒之歡樂：「今旦一樽酒，歡
暢何怡怡。」〔註 81〕又言面臨離別時之苦悲：「兄弟唯二人，遠別恒
苦悲。」〔註 82〕白居易還談及別離之時的行苦，如作於大和五年（831）
的《醉中重留夢得》云：「劉郎劉郎莫先起，蘇臺蘇臺隔雲水。酒盞
來從一百分，馬頭去便三千里。」〔註 83〕這裡的離別還是充滿豪情的
壯行，滿篇的丈夫氣。別離的行苦埋藏得很深，此時的白居易尚未發
現。直到友人離去的第二年，即大和六年（832），白居易感受到了離
別所帶來的憂愁，並寫下《憶夢得》一詩，詩曰：「齒髮各蹉跎，疏
慵與病和。愛花心在否，見酒興如何？年長風情少，官高俗慮多。幾
時紅燭下，聞唱竹枝歌？」〔註 84〕此時的白居易一改之前的豪情，變
得低沉起來。

　　白居易還對別離之悲進行了細緻地描摹。首先，別離之痛摧人心
肝，讓人淚流不止，白居易《送兄弟回雪夜》云：「離襟淚猶濕，回
馬嘶未歇。」〔註 85〕又如《寄湘靈》云：「淚眼凌寒凍不流，每經高

〔註 79〕（唐）白居易著，謝思煒校注：《白居易詩集校注》，中華書局 2006
　　　　年版，第 151 頁。
〔註 80〕（唐）白居易著，謝思煒校注：《白居易詩集校注》，中華書局 2006
　　　　年版，第 1057 頁。
〔註 81〕（唐）白居易著，謝思煒校注：《白居易詩集校注》，中華書局 2006
　　　　年版，第 644 頁。
〔註 82〕（唐）白居易著，謝思煒校注：《白居易詩集校注》，中華書局 2006
　　　　年版，第 644 頁。
〔註 83〕（唐）白居易著，謝思煒校注：《白居易詩集校注》，中華書局 2006
　　　　年版，第 2159 頁。
〔註 84〕（唐）白居易著，謝思煒校注：《白居易詩集校注》，中華書局 2006
　　　　年版，第 2109 頁。
〔註 85〕（唐）白居易著，謝思煒校注：《白居易詩集校注》，中華書局 2006
　　　　年版，第 787 頁。

處即回頭。」〔註86〕哭是人類在感到極悲時才選擇的一種宣洩方式，可見別離之悲是極悲，是悲中之悲。這與佛經對愛別離苦是苦中之苦的闡釋是一致的，《佛說未曾有因緣經》云：「苦中之甚，莫若恩愛離別之苦。」〔註87〕《涅槃經》亦云：「迦葉，云何菩薩摩訶薩住於大乘《大涅槃經》觀愛別離苦？愛別離苦能為一切眾苦根本。」〔註88〕佛經還記載，別離令人流下的眼淚超過四大海，如《修行道地經》云：

> 愁惻之痛巨具說言。從累劫來與父母違，兄弟離闊，妻子之乖，涕泣流淚超於四海，飲親之乳踰於五江四瀆之流。或父哭子或子哭父，或兄哭弟或弟哭兄，或夫哭妻或妻哭夫，顛倒上下不可經紀。〔註89〕

其次，別離之悲猶如身心被熬煎，白居易《夜雨有念》云：「骨肉能幾人，各在天一端。……唯有恩愛火，往往猶熬煎。」〔註90〕這與佛經將愛別離苦比喻為身心燃燒是一致的，《佛說解憂經》云：「愛別離最苦，憂火鎮燒然。」〔註91〕《阿毘達磨法蘊足論》亦云：「何因緣故，說愛別離為苦，謂諸有情，愛別離時，領納攝受種種身苦事故。廣說乃至領納攝受種種身心燒然事故。」〔註92〕還有《正法念處經》云：「如墮刀火燒其身心受大苦」〔註93〕。《過去現在因果經》亦云：

〔註86〕（唐）白居易著，謝思煒校注：《白居易詩集校注》，中華書局 2006年版，第 1057 頁。

〔註87〕（南齊）曇景譯：《佛說未曾有因緣經》卷上，《大正藏》卷十七，佛陀教育基金會出版部 1990 年版，第 576 頁。

〔註88〕宗文點校：《涅槃經》，宗教文化出版社 2011 年版，第 199 頁。

〔註89〕（西晉）竺法護譯：《修行道地經》卷七，《大正藏》卷十五，佛陀教育基金會出版部 1990 年版，第 234 頁。

〔註90〕（唐）白居易著，謝思煒校注：《白居易詩集校注》，中華書局 2006年版，第 808 頁。

〔註91〕（宋）法天譯：《佛說解憂經》，《大正藏》卷十七，佛陀教育基金會出版部 1990 年版，第 749 頁。

〔註92〕尊者大目乾連造，（唐）玄奘譯：《阿毘達磨法蘊足論》卷六，《大正藏》卷二十六，佛陀教育基金會出版部 1990 年版，第 480 頁。

〔註93〕（元魏）瞿曇般若流支譯：《正法念處經》卷五十八，《大正藏》卷十七，佛陀教育基金會出版部 1990 年版，第 341 頁。

「王於太子，恩愛情深，憂愁盛火，常自熾燃。」〔註94〕

通過對離別悲苦的咀嚼和體會，白居易了悟一切苦惱皆因我們對愛盲目攀緣執著而生，其《憶廬山舊隱及洛下新居》云：「形骸傴僂班行內，骨肉勾留俸祿中。無奈攀緣隨手長，亦知恩愛到頭空。」〔註95〕佛教看待人生，一切皆苦，而苦是由貪愛而導致的，從佛教的十二緣起論可以窺見機倪：緣無明而有行，緣行而有識，緣識而有名色，緣名色而有六處，緣六處而有觸，緣觸而有受，緣受而有愛，緣愛而有取，緣取而有有，緣有而有生，緣生而有老死、愁悲苦憂惱生。如此，一切苦蘊因之集起。因為求而不得，世間於是充滿了種種苦痛，《遣懷》云：「回看世間苦，苦在求不得。」〔註96〕白居易還感受到恩愛是一切煩惱的來源，如《和夢遊春詩一百韻》云：「貪為苦聚落，愛是悲林麓。」〔註97〕另如《弄龜羅》云「酒美竟須壞，月圓終有虧。亦如恩愛緣，乃是憂惱資。」〔註98〕皆已領悟愛別離苦之所以最苦，是因為眾生皆「因愛生憂，因愛生怖」〔註99〕的道理：「愛因緣故，則生憂苦，以憂苦故，則令眾生生於衰老。愛別離苦者，所謂命終。」〔註100〕

概之，白居易對兄弟別、夫妻別、情人別、友人別等各種離別場景以及別後情感的精心描摹，都是對「苦莫愛別離」的盡情演繹。

〔註94〕（劉宋）求那跋陀羅譯：《過去現在因果經》卷三，《大正藏》卷三，佛陀教育基金會出版部 1990 年版，第 636 頁。

〔註95〕（唐）白居易著，謝思煒校注：《白居易詩集校注》，中華書局 2006年版，第 1973 頁。

〔註96〕（唐）白居易著，謝思煒校注：《白居易詩集校注》，中華書局 2006年版，第 882 頁。

〔註97〕（唐）白居易著，謝思煒校注：《白居易詩集校注》，中華書局 2006年版，第 1133 頁。

〔註98〕（唐）白居易著，謝思煒校注：《白居易詩集校注》，中華書局 2006年版，第 630 頁。

〔註99〕宗文點校：《涅槃經》，宗教文化出版社 2011 年版，第 199 頁。

〔註100〕宗文點校：《涅槃經》，宗教文化出版社 2011 年版，第 199 頁。

第八章　白詩古琴意象的儒佛意蘊

　　白居易偏愛古琴，寫有古琴詩 120 餘首，涉及琴曲十餘種。目前學界對這些古琴詩內涵的挖掘尚不充分，〔註1〕仍有較大的討論空間。有鑒於此，筆者擬採用文本細讀的方法，從文人琴、居士琴這兩個意象入手全面考察白居易的古琴詩，以期探索其中蘊含的儒、佛思想。

第一節　白居易與古琴

　　白居易終生與古琴相伴，琴不離身。居家時有琴的身影，如《郡亭》云：「除親簿領外，多在琴書前。」〔註2〕另如《醉吟先生傳》云：「舁中置一琴、一枕，陶、謝詩數卷。」〔註3〕旅途中也有琴的身影，如《自餘杭歸宿淮口作》云：「妻子在我前，琴書在我側。」〔註4〕

〔註1〕李石根：《從白居易的〈廢琴〉詩談起》，《中國音樂》2001 年第 3 期。
　　　苗建華：《古琴美學中的儒道佛思想》，《音樂研究》2002 年第 2 期。
　　　劉承華：《文人琴與藝人琴關係的歷史演變——對古琴兩大傳統及其關係的歷史考察》，《中國音樂》2005 年第 2 期。馮燦明：《論白居易的文人琴思想》，《湖南省社會主義學院學報》2010 年第 1 期。
〔註2〕（唐）白居易著，謝思煒校注：《白居易詩集校注》，中華書局 2006 年版，第 681 頁。
〔註3〕（唐）白居易著，謝思煒校注：《白居易文集校注》，中華書局 2011 年版，第 1982 頁。
〔註4〕（唐）白居易著，謝思煒校注：《白居易詩集校注》，中華書局 2006

另如《自喜》云：「身兼妻子都三口，鶴與琴書共一船。」〔註5〕無論何種情況，琴都放在觸手即得地方，與書一道構成「左琴右書」的格局，成為白居易詩意棲居的必備品。白居易曾幻想未來理想的生活狀態，古琴佔有一席之地，《草堂記》云：「待予異時，弟妹婚嫁畢，司馬歲秩滿，出處行止，得以自遂，則必左手引妻子，右手抱琴書，終老於斯，以成就我平生之志。」〔註6〕他終日與琴為伴，如《虛白堂》云：「移床就日簷間臥，臥詠閒詩側枕琴。」〔註7〕另如《閒臥有所思二首》其一云：「向夕搴簾臥枕琴，微涼入戶起開襟。」〔註8〕晚年持齋戒後，白居易將除古琴外的所有樂器都撤掉了，其《宿靈巖寺上院》云：「葷血並除唯對酒，歌鐘放散只留琴。」〔註9〕唯留琴不棄，可見他對古琴的鍾愛。白居易還想將琴藝作為家法傳承下去，如想傳授給女兒阿羅：「琴書何必求王粲，與女猶勝與外人。」〔註10〕還有兒子阿崔：「弓冶將傳汝，琴書勿墜吾。」〔註11〕以及外孫玉童：「外翁七十孫三歲，笑指琴書欲遣傳。」〔註12〕白居易對古琴的重視與喜愛可見一斑。

年版，第 703 頁。

〔註 5〕（唐）白居易著，謝思煒校注：《白居易詩集校注》，中華書局 2006 年版，第 1937 頁。

〔註 6〕（唐）白居易著，謝思煒校注：《白居易文集校注》，中華書局 2011 年版，第 255 頁。

〔註 7〕（唐）白居易著，謝思煒校注：《白居易詩集校注》，中華書局 2006 年版，第 1601 頁。

〔註 8〕（唐）白居易著，謝思煒校注：《白居易詩集校注》，中華書局 2006 年版，第 2429 頁。

〔註 9〕（唐）白居易著，謝思煒校注：《白居易詩集校注》，中華書局 2006 年版，第 1933 頁。

〔註 10〕（唐）白居易著，謝思煒校注：《餘思未盡加為六韻重寄微之》，《白居易詩集校注》，中華書局 2006 年版，第 1801 頁。

〔註 11〕（唐）白居易著，謝思煒校注：《阿崔》，《白居易詩集校注》，中華書局 2006 年版，第 2189 頁。

〔註 12〕（唐）白居易著，謝思煒校注：《談氏小外孫玉童》，《白居易詩集校注》，中華書局 2006 年版，第 2781 頁。

　　白居易愛琴，他不厭其煩地在詩中描述古琴的產地及構造。白居易尤其喜歡產自蜀地的琴：「蜀琴安膝上」〔註13〕、「蜀琴木性實，楚絲音韻清」〔註14〕。白居易還曾對琴徽、琴墊、琴柱、龍鳳池等一一進行描摹。白居易曾描述過琴徽的材質有黃金徽：「左擲白玉卮，右拂黃金徽」〔註15〕、「玉軫黃金徽」〔註16〕。有玉徽：「玉徽光彩滅，朱弦塵土生」〔註17〕、「玉琴聲悄悄」〔註18〕。有瑟瑟徽：「玉軫朱弦瑟瑟徽」〔註19〕。白居易的琴墊，有紅石琴薦，為友人贈送〔註20〕。他的琴柱為玉製，「玉軫黃金徽」〔註21〕。琴音從共鳴器「龍鳳池」中發出，「泠泠秋泉韻，貯在龍鳳池。」〔註22〕這些瑣細處一般為常人所忽略，然而被白居易反覆吟哦玩味，足見他對古琴的喜愛。

　　白詩出現的琴曲有十餘種，如《幽蘭操》、《淥水》、《烏夜啼》、《三峽流泉》（又名《三峽石泉》、《石上流泉》）、《三樂》、《白雪》、《鳳求凰》、《秋思》、《風入松》、《別鶴操》（又名《別鶴怨》）、《湘妃怨》、《沉

〔註13〕（唐）白居易著，謝思煒校注：《想東遊五十韻》，《白居易詩集校注》，中華書局 2006 年版，第 2119 頁。

〔註14〕（唐）白居易著，謝思煒校注：《夜琴》，《白居易詩集校注》，中華書局 2006 年版，第 646 頁。

〔註15〕（唐）白居易著，謝思煒校注：《北窗三友》，《白居易詩集校注》，中華書局 2006 年版，第 2280 頁。

〔註16〕（唐）白居易著，謝思煒校注：《對琴酒》，《白居易詩集校注》，中華書局 2006 年版，第 2311 頁。

〔註17〕（唐）白居易著，謝思煒校注：《廢琴》，《白居易詩集校注》，中華書局 2006 年版，第 28 頁。

〔註18〕（唐）白居易著，謝思煒校注：《古意》，《白居易詩集校注》，中華書局 2006 年版，第 2268 頁。

〔註19〕（唐）白居易著，謝思煒校注：《聽彈湘妃怨》，《白居易詩集校注》，中華書局 2006 年版，第 1578 頁。

〔註20〕（唐）白居易著，謝思煒校注：《崔湖州贈紅石琴薦煥如錦文無以答之以詩酬謝》，《白居易詩集校注》，中華書局 2006 年版，第 1661 頁。

〔註21〕（唐）白居易著，謝思煒校注：《對琴酒》，《白居易詩集校注》，中華書局 2006 年版，第 2311 頁。

〔註22〕（唐）白居易著，謝思煒校注：《對琴酒》，《白居易詩集校注》，中華書局 2006 年版，第 2311 頁。

湘怨》和《昭君怨》等。其中,《秋思》是白居易最愛彈奏的琴曲,
白居易在許多詩中都有所提及,如:

> 舉臂一欠伸,引琴彈秋思。〔註23〕
>
> 此院好彈秋思處,終須一夜抱琴來。〔註24〕
>
> 我正風前弄秋思,君應天上聽雲韶。〔註25〕
>
> 酒既酣,乃自援琴,操宮聲,弄《秋思》一遍。〔註26〕

從這些詩句中可以看出,白居易在各種場合都曾演奏過《秋思》,在
靜夜,在風前,在酒後等等。《秋思》甚至還與諷誦一起被白居易當
作早課,《朝課》云:「蕊珠諷數篇,《秋思》彈一遍,從容朝課畢,
方與客相見。」〔註27〕白居易彈奏完《秋思》方才會客。如果早上沒
有彈奏古琴,那麼晚上就會彈奏《秋思》一遍,《冬日早起閒詠》云:
「晨起對爐香,道經尋兩卷。晚坐拂琴塵,秋思彈一遍。」〔註28〕白
居易還以《彈秋思》為題作詩歌詠此琴曲的清音雅韻:「信意閒彈秋
思時,調清聲直韻疏遲。」〔註29〕

　　《別鶴操》也是白居易經常提到的琴曲。白居易曾借用《別鶴操》
的典故,安慰好朋友元稹,事見和元稹《聽妻彈別鶴操》所作《和微
之聽妻彈別鶴操,因為解釋其義,依韻加四句》一詩,詩云:

〔註23〕（唐）白居易著,謝思煒校注:《和嘗新酒》,《白居易詩集校注》,
　　　　中華書局 2006 年版,第 1761 頁。

〔註24〕（唐）白居易著,謝思煒校注:《楊家南亭》,《白居易詩集校注》,
　　　　中華書局 2006 年版,第 2035 頁。

〔註25〕（唐）白居易著,謝思煒校注:《夢得相過援琴命酒因彈秋思偶詠所
　　　　懷兼寄繼之待價二相府》,《白居易詩集校注》,中華書局 2006 年版,
　　　　第 2607 頁。

〔註26〕（唐）白居易著,謝思煒校注:《醉吟先生傳》,《白居易文集校注》,
　　　　中華書局 2011 年版,第 1982 頁。

〔註27〕（唐）白居易著,謝思煒校注:《白居易詩集校注》,中華書局 2006
　　　　年版,第 1779 頁。

〔註28〕（唐）白居易著,謝思煒校注:《白居易詩集校注》,中華書局 2006
　　　　年版,第 2266 頁。

〔註29〕（唐）白居易著,謝思煒校注:《白居易詩集校注》,中華書局 2006
　　　　年版,第 2175 頁。

　　　　義重莫若妻，生離不如死。誓將死同穴，其奈生無子。
　　商陵追禮教，婦出不能止。舅姑明旦辭，夫妻中夜起。起
　　聞雙鶴別，若與人相似。聽其悲唳聲，亦如不得已。青田
　　八九月，遼城一萬里。徘徊去住雲，嗚咽東西水。寫之在
　　琴曲，聽者酸心髓。……〔註30〕

白居易既安慰好友，也安慰自己：雖有無子之憾，但至少還有妻子偕
老，不要太過傷感。

　　白居易還曾作過琴曲歌詞《昭君怨》，以為保國家太平而遠嫁和
親卻再也沒能回歸故里的王昭君自比，詞曰：「明妃風貌最娉婷，合
在椒房應四星。只得當年備宮掖，何曾專夜奉幃屏。見疏從道迷圖畫，
知屈那教配虜庭。自是君恩薄如紙，不須一向恨丹青。」〔註31〕藉琴
歌詠傷嗟歎，消彌壯志未酬、辛苦伶俜的憂憤。

第二節　白詩文人琴意象與儒家情懷

　　白居易曾以入世濟世、獨善其身為依據將自己的詩歌分為諷喻詩
和閒適詩，這種思維也影響了他的古琴詩創作，〔註32〕這些詩歌中的
「文人琴」意象也呈現出入世濟世與獨善其身這兩個層面的意蘊。

一、入世濟世

　　古琴是白居易入世濟世的重要媒介。主要表現在兩方面：一、古

〔註30〕（唐）白居易著，謝思煒校注：《白居易詩集校注》，中華書局 2006
　　　　年版，第 1684～1685 頁。

〔註31〕（唐）白居易著，謝思煒校注：《白居易詩集校注》，中華書局 2006
　　　　年版，第 1332 頁。

〔註32〕白居易對諷諭詩與閒適詩即以此思想為分類標準，《與元九書》曰：
　　　　「謂之諷諭詩，兼濟之志也；謂之閒適詩，獨善之義也。」參見（唐）
　　　　白居易著，謝思煒校注：《白居易文集校注》，中華書局 2011 年版，
　　　　第 326～327 頁。在具體的分類中，該標準並未全面地貫徹執行。就
　　　　古琴詩而言，部分隸屬諷諭詩的古琴詩蘊含著獨善其身之義，如《廢
　　　　琴》、《鄧魴張徹落第》等。部分隸屬閒適詩的古琴詩蘊含著兼濟之
　　　　志，如《立部伎》、《清夜琴興》等。

琴是白居易入世交友的重要器具；二、古琴也是白居易表達濟世匡時志願的重要載體。

在入世交友方面，古琴是白居易交友的重要媒介，白居易有時彈琴給友人聽，其《松下琴贈客》云：「慚君此傾聽，本不為君彈。」〔註33〕同時，白居易也熱衷於欣賞友人的彈奏，如《味道》云：「自嫌習性猶殘處，愛詠閒詩好聽琴。」〔註34〕又《聽幽蘭》云：「自彈不及聽人彈」〔註35〕。正因興趣相投，白居易結交琴友甚多，因「程生善琴，尤能沉湘曲」〔註36〕，白居易與程秀才成為忘年交。江南道士郭虛舟與白居易也有往來，白居易有贈別詩曰：「靜彈弦數聲，閒飲酒一卮。」〔註37〕郭虛舟亦是白居易琴酒暢情的同儔。白居易與崔玄亮亦因喜好古琴而關係甚篤，白居易常用彈琴的方式寄託思念之情。如《夜調琴憶崔少卿》云：「今夜調琴忽有情，欲彈惆悵憶崔卿。何人解愛中徽上，秋思頭邊八九聲。」〔註38〕《秋思》是一首極為深情的曲子，白居易彈奏《秋思》以寄託對友人的憶念，可見他們情感之親厚。古琴還是白居易與友人託付身後之事的信物，崔玄亮在卒前，以玉磬琴留別白居易，〔註39〕白居易曾在《池上篇》中提及此事：

〔註33〕（唐）白居易著，謝思煒校注：《白居易詩集校注》，中華書局 2006 年版，第 1967 頁。

〔註34〕（唐）白居易著，謝思煒校注：《白居易詩集校注》，中華書局 2006 年版，第 1836 頁。

〔註35〕（唐）白居易著，謝思煒校注：《白居易詩集校注》，中華書局 2006 年版，第 2101 頁。

〔註36〕（唐）白居易著，謝思煒校注：《醉別程秀才》，《白居易詩集校注》，中華書局 2006 年版，第 2379 頁。

〔註37〕（唐）白居易著，謝思煒校注：《同微之贈別郭虛舟煉師五十韻》，《白居易詩集校注》，中華書局 2006 年版，第 1664 頁。

〔註38〕（唐）白居易著，謝思煒校注：《白居易詩集校注》，中華書局 2006 年版，第 2188 頁。

〔註39〕（宋）朱長文《琴史》卷四「崔晦叔」條載：「及其將亡，以玉磬琴遺樂天」，卷五「先祖尚書公」條載：「昔崔晦叔嘗以玉磬琴遺白樂天，此殆是耶，尚書既喪，此琴假於老舅惠玉，玉嘗授琴於尚書，音靜而不流，東南罕及者，舅復以此琴歸余，遂名曰『玉琴』，既銘

「博陵崔晦叔與琴，韻甚清」〔註40〕。因為是同調，白居易在給崔玄亮的悼亡詩中也使用了古琴的典故：「惠死莊杜口，鍾歿師廢琴」〔註41〕，詩中既有施惠莊子之典，也有伯牙子期之典，白居易以琴德自比，借古琴表傷悼之情。

在濟世匡時方面。白居易早年意氣風發，對仕途充滿熱情，詩中的古琴意象流露出濃厚的濟世情懷。白居易在《議禮樂》中提出「序人倫，安國家，莫先於禮；和人神，移風俗，莫尚於樂」〔註42〕的觀點，顯然是對孔子「立於禮，成於樂」〔註43〕樂教思想的全盤繼承，其《法曲歌》云：「一從胡曲相參錯，不辨興衰與哀樂。願求牙曠正華音，不令夷夏相交侵。」〔註44〕這裡的古琴具有經世之功用，承擔著復興儒家樂教、扭轉胡樂亂華風氣的責任。這一時期白居易對古琴的理解與《新語・無為》中強調的禮樂思想一脈相承：「昔舜治天下也，彈五弦之琴，歌《南風》之詩，寂若無治國之意，漠若無憂天下之心，然而天下大治。」〔註45〕強調古琴對治國平天下的作用。中晚唐時期，操持雅音的樂工是被坐部、立部淘汰的人，雅樂崩壞可見一般，白居易作諷諭詩《立部伎》刺雅樂之退：「立部賤，坐部貴，坐部退為立部伎，擊鼓吹笙和雜戲。立部又退何所任？始就樂懸操雅

且記之云。」根據朱長文的記載，幾經周折，崔晦叔的玉磬琴終被朱長文收藏。參見（宋）朱長文：《琴史》卷四，《文淵閣四庫全書》第八三九冊，臺灣商務印書館 1983 年版，第 51、58 頁。

〔註40〕（唐）白居易著，謝思煒校注：《白居易詩集校注》，中華書局 2006 年版，第 2846 頁。

〔註41〕（唐）白居易著，謝思煒校注：《哭崔常侍晦叔》，《白居易詩集校注》，中華書局 2006 年版，第 2259 頁。

〔註42〕（唐）白居易著，謝思煒校注：《白居易文集校注》，中華書局 2011 年版，第 1573 頁。

〔註43〕程樹德撰，程俊英、蔣見元點校：《論語集釋》，中華書局 2017 年版，第 684 頁。

〔註44〕（唐）白居易著，謝思煒校注：《白居易詩集校注》，中華書局 2006 年版，第 283 頁。

〔註45〕王利器：《新語校注》，中華書局 1986 年版，第 59 頁。

音。」〔註46〕因鄭聲「煩手淫聲」與儒家所提倡的「平和」、「中和」相違,故儒家音樂美學提倡正始之音而排斥鄭聲。白居易所欣賞的琴音「調慢彈且緩」〔註47〕、「曲淡節稀聲不多」〔註48〕、「緩彈數弄琴」〔註49〕、「調清聲直韻疏遲」〔註50〕、「琴聲淡不悲」〔註51〕完全符合儒家「平和」、「中正」的音樂審美。在白居易看來,琴之德音是可以溝通天人、教化萬物的大雅之音,其《清夜琴興》云:「心積和平氣,木應正始音」〔註52〕、「正聲感元化,天地清沉沉」〔註53〕。白居易意識到華夏雅樂正處於危機時刻,急需匡正,故不斷地指出雅樂復興的必要性,其《五弦彈》云:「吾聞正始之音不如是,正始之音其若何,朱弦疏越清廟歌。」〔註54〕又其《復樂古器古曲》云:「銷鄭衛之聲,復正始之音,在乎善其政,和其情,不在乎改其器,易其曲也。」〔註55〕對於恢復儒家禮樂文化可謂不遺餘力,凡此種種皆可看出白居易濟世匡時的家國情懷。

〔註46〕（唐）白居易著,謝思煒校注:《白居易詩集校注》,中華書局 2006 年版,第 291 頁。

〔註47〕（唐）白居易著,謝思煒校注:《夜琴》,《白居易詩集校注》,中華書局 2006 年版,第 646 頁。

〔註48〕（唐）白居易著,謝思煒校注:《五弦彈》,《白居易詩集校注》,中華書局 2006 年版,第 339 頁。

〔註49〕（唐）白居易著,謝思煒校注:《食飽》,《白居易詩集校注》,中華書局 2006 年版,第 693 頁。

〔註50〕（唐）白居易著,謝思煒校注:《彈秋思》,《白居易詩集校注》,中華書局 2006 年版,第 2175 頁。

〔註51〕（唐）白居易著,謝思煒校注:《晚起》,《白居易詩集校注》,中華書局 2006 年版,第 2215 頁。

〔註52〕（唐）白居易著,謝思煒校注:《白居易詩集校注》,中華書局 2006 年版,第 497 頁。

〔註53〕（唐）白居易著,謝思煒校注:《白居易詩集校注》,中華書局 2006 年版,第 497 頁。

〔註54〕（唐）白居易著,謝思煒校注:《白居易詩集校注》,中華書局 2006 年版,第 339 頁。

〔註55〕（唐）白居易著,謝思煒校注:《白居易文集校注》,中華書局 2011 年版,第 1580 頁。

二、獨善其身

白詩中的古琴意象同樣體現了白居易獨善其身的思想，主要表現在禁情、寄情和怡情三個方面。

（一）禁情

白居易的古琴詩表達了自古以來的「琴禁」思想。漢桓譚正式提出「琴禁」的概念，《新論》曰：「琴之言禁也，君子守以自禁也。」〔註56〕琴之禁，禁的是今人俗情，要求彈琴之人不隨波逐流，不迎合世俗，自尊自愛、清高自守。故白居易有《廢琴》詩云：

> 絲桐合為琴，中有太古聲。古聲淡無味，不稱今人情。
>
> 玉徽光彩滅，朱弦塵土生。廢棄來已久，遺音尚泠泠。不
>
> 辭為君彈，縱彈人不聽。何物使之然？羌笛與秦箏。〔註57〕

白居易認為古琴不為時人所好，因此不輕易為他人彈奏。這是對「琴禁」思想「對俗子不彈」的具體實踐。唐薛易簡的《琴訣》對彈琴之人作出諸多規定：

> 鼓琴之士，志靜氣正，則聽者易分；心亂神濁，則聽
>
> 者難辨矣。常人但見用指輕利，取聲溫潤，音韻不絕，句
>
> 度流美，俱賞為能，殊不知志士彈之，聲韻皆有所主也。……
>
> 彈琴之法，必須簡靜，非謂人靜，乃手靜也。手指鼓動謂
>
> 之喧，簡要輕穩謂之靜。〔註58〕

〔註56〕（漢）桓譚：《新論》，上海人民出版社1977年版，第63頁。

〔註57〕（唐）白居易著，謝思煒校注：《白居易詩集校注》，中華書局2006年版，第28頁。

〔註58〕唐薛易簡的《琴訣》散見於宋朱長文《琴史》卷四、明袁均哲《太音大全集》卷四以及蔣克謙《琴書大全》卷十中，各書記載略有差異，「鼓琴之士」至「聲韻皆有所主也」句載於朱氏《琴史》，未見於袁均哲《太音大全集》及蔣克謙《琴書大全》。「彈琴之法，必須簡靜，非謂人靜，乃手靜也。手指鼓動謂之喧，簡要輕穩謂之靜。」載於蔣氏《琴書大全》（該書在「彈琴總訣」中還載有類似說法：「彈琴之法，必須簡靜，非謂人靜，乃其指靜。手指繁動謂之喧，簡要輕穩謂之靜。」但將此說繫於劉向《琴說》下，為誤繫），未見於朱氏《琴史》及袁氏《太音大全集》。參見（宋）朱長文：《琴史》，《文淵閣四庫全書》第八三九冊，臺灣商務印書館1983年版，第51～52

既要求琴人彈奏心態的「志靜」,又要求彈奏技術的「手靜」。《琴決》只是大而化之的理論,至於「靜」的標準,並未予以說明,對此我們可以通過後代琴論探得一二。如《太古遺音》言「琴有五不彈」,即「不坐不彈、不衣冠不彈、對俗子不彈、市廛不彈、疾風暴雨不彈」〔註59〕。明蔣克謙《琴書大全》也規定:「疾風甚雨不彈、廛市不彈、對俗子不彈、不坐不彈、不衣冠不彈」〔註60〕。至此,我們可以推斷,想要實現薛易簡所推崇的「靜」,必須遵守古琴彈奏的相關規定。白居易此處正是秉持「對俗子不彈」的操守,因為琴「古聲淡無味,不稱今人情」,即便彈奏,也多半「人不聽」。

由於古琴禁俗情,俗人皆不愛聽,故而白居易說:「嗟嗟俗人耳,好今不好古。所以綠窗琴,日日生塵土。」〔註61〕古琴在白居易筆下自然就成了高雅脫俗的代名詞,常用於象徵孤高守拙的高尚節操,如《鄧魴張徹落第》云:「古琴無俗韻,奏罷無人聽。」〔註62〕用古琴韻不俗卻曲高和寡來象徵鄧魴、張徹二位友人質性高潔卻無人賞識。又如《夜琴》云:「自弄還自罷,亦不要人聽。」〔註63〕用自奏自聽古琴象徵自親自省、修養心性,從而體現自己高蹈遺世、不與世俗同流的精神風貌。

頁。(明)袁均哲:《太音大全集》卷四,中國藝術研究院音樂研究所、北京古琴研究會編《琴曲集成》第一冊,中華書局2010年版,第81頁。(明)蔣克謙:《琴書大全》卷十,中國藝術研究院音樂研究所、北京古琴研究會編《琴曲集成》第五冊,中華書局2010年版,第196、203頁。

〔註59〕 編者未詳:《太古遺音》,中國藝術研究院音樂研究所、北京古琴研究會編:《琴曲集成》第一冊,中華書局2010年版,第36頁。

〔註60〕 (明)蔣克謙:《琴書大全》,中國藝術研究院音樂研究所、北京古琴研究會編:《琴曲集成》第五冊,中華書局2010年版,第197頁。

〔註61〕 (唐)白居易著,謝思煒校注:《五弦》,《白居易詩集校注》,中華書局2006年版,第177頁。

〔註62〕 (唐)白居易著,謝思煒校注:《白居易詩集校注》,中華書局2006年版,第101頁。

〔註63〕 (唐)白居易著,謝思煒校注:《白居易詩集校注》,中華書局2006年版,第646頁。

（二）寄情

品讀白詩的古琴意象，我們發現，古琴還是白居易抒發個人情感的重要媒介，具體表現為兩個方面。

一方面，古琴是白居易告慰幽獨的重要伴侶。白居易獨處時，古琴常伴其側，如《贈侯三郎中》云：「幸有琴書堪作伴」〔註 64〕，又如《宿東亭曉興》云：「獨抱一張琴，夜入東齋宿」〔註 65〕，再如《期宿客不至》云：「宿客不來嫌冷落，一樽酒對一張琴。」〔註 66〕此外更有《池窗》云：「更無人作伴，唯對一張琴」〔註 67〕、《春日閒居三首》其一云：「屋中有琴書，聊以慰幽獨」〔註 68〕，等等。古琴也是白居易思鄉情切，幽居孤單時的精神依靠，如《陰雨》云：「嵐霧今朝重，江山此地深。灘聲秋更急，峽氣曉多陰。望闕雲遮眼，思鄉雨滴心。將何慰幽獨，賴此北窗琴。」〔註 69〕而在晚年煢煢孑立之時，白居易亦唯有古琴相伴：「與老相宜只有琴」〔註 70〕，「伴老琴長在」〔註 71〕，「共琴為老伴」〔註 72〕。古琴在很大程度上消解了白居易的孤獨憂愁，而且與白居易相伴一生，將其稱為白居易的終生伴侶也不

〔註 64〕（唐）白居易著，謝思煒校注：《白居易詩集校注》，中華書局 2006 年版，第 1841 頁。

〔註 65〕（唐）白居易著，謝思煒校注：《白居易詩集校注》，中華書局 2006 年版，第 1679 頁。

〔註 66〕（唐）白居易著，謝思煒校注：《白居易詩集校注》，中華書局 2006 年版，第 2151 頁。

〔註 67〕（唐）白居易著，謝思煒校注：《白居易詩集校注》，中華書局 2006 年版，第 2022 頁。

〔註 68〕（唐）白居易著，謝思煒校注：《白居易詩集校注》，中華書局 2006 年版，第 2711 頁。

〔註 69〕（唐）白居易著，謝思煒校注：《白居易詩集校注》，中華書局 2006 年版，第 1457 頁。

〔註 70〕（唐）白居易著，謝思煒校注：《郡西亭偶詠》，《白居易詩集校注》，中華書局 2006 年版，第 1885 頁。

〔註 71〕（唐）白居易著，謝思煒校注：《閒臥寄劉同州》，《白居易詩集校注》，中華書局 2006 年版，第 2493 頁。

〔註 72〕（唐）白居易著，謝思煒校注：《對琴待月》，《白居易詩集校注》，中華書局 2006 年版，第 2035 頁。

為過。

　　另一方面，古琴也是白居易消解仕宦痛苦的有效通道。當他遭遇仕途不順鬱鬱不得志時，彈琴可以讓他暫時逃離現實的苦惱，如《詠懷》云：「自從委順任浮沉，漸覺年多功用深。面上減除憂喜色，胸中消盡是非心。妻兒不問唯耽酒，冠蓋皆慵只抱琴。長笑靈均不知命，江籬叢畔苦悲吟」〔註73〕，古琴讓初貶江州的白居易在精神上有了暫棲之處。而在白居易仕宦之心退卻後，古琴又成為他的精神寄託，如《贈客談》末句云：「請君休說長安事，膝上風清琴正調」〔註74〕，另如《食飽》云：「食飽拂枕臥，睡足起閒吟。淺酌一杯酒，緩彈數弄琴。既可暢情性，亦足傲光陰。誰知利名盡，無復長安心」〔註75〕，通過彈琴可以忘記名利、遠離是非。到了晚年，白居易已無意仕途，則欲攜琴隱退，其《對琴待月》云：「竹院新晴夜，松窗未臥時。共琴為老伴，與月有秋期。玉軫臨風久，金波出霧遲。幽音待清景，唯是我心知」〔註76〕，另其《閒臥寄劉同州》云：「軟褥短屏風，昏昏醉臥翁。鼻香茶熟後，腰暖日陽中。伴老琴長在，迎春酒不空。可憐閒氣味，唯欠與君同」〔註77〕，這些詩句雖寫得頗為恬淡，然並無出世之心，應緣塵世生厭，故寄心於琴。

（三）怡情

　　品讀白詩古琴意象，我們還發現古琴是白居易娛悅心性的重要媒介。鼓琴以自娛是白居易的生活常態，其《松齋自題》云：「書不求

〔註73〕（唐）白居易著，謝思煒校注：《白居易詩集校注》，中華書局 2006年版，第 1308 頁。

〔註74〕（唐）白居易著，謝思煒校注：《白居易詩集校注》，中華書局 2006年版，第 2516 頁。

〔註75〕（唐）白居易著，謝思煒校注：《白居易詩集校注》，中華書局 2006年版，第 693 頁。

〔註76〕（唐）白居易著，謝思煒校注：《白居易詩集校注》，中華書局 2006年版，第 2035 頁。

〔註77〕（唐）白居易著，謝思煒校注：《白居易詩集校注》，中華書局 2006年版，第 2493 頁。

甚解，琴聊以自娛。」〔註78〕白居易遊山玩水之時，一定會帶上古琴，《池上作》云：「眼前盡日更無客，膝上此時唯有琴。」〔註79〕又《偶作二首》其一云：「解帶松下風，抱琴池上月。」〔註80〕以琴為友、閒適陶然。即便是遠行，白居易仍將古琴攜帶在身邊，如《船夜援琴》云：「身外都無事，舟中只有琴。七絃為益友，兩耳是知音。」〔註81〕夜弄清絃，抒淡雅之趣。

白居易常將琴與酒並提，如：

> 賓友得從容，琴觴恣怡悅。〔註82〕
>
> 酒助疏玩性，琴資緩慢情。〔註83〕
>
> 彈琴復有酒，且慕嵇阮徒。〔註84〕
>
> 靜拂琴床席，香開酒庫門。〔註85〕
>
> 親賓有時會，琴酒連夜開。〔註86〕
>
> 只將琴作伴，唯以酒為家。〔註87〕
>
> 何以延宿客，夜酒與秋琴。〔註88〕

〔註78〕（唐）白居易著，謝思煒校注：《白居易詩集校注》，中華書局 2006 年版，第 467 頁。

〔註79〕（唐）白居易著，謝思煒校注：《白居易詩集校注》，中華書局 2006 年版，第 2327 頁。

〔註80〕（唐）白居易著，謝思煒校注：《白居易詩集校注》，中華書局 2006 年版，第 1771 頁。

〔註81〕（唐）白居易著，謝思煒校注：《白居易詩集校注》，中華書局 2006 年版，第 1870 頁。

〔註82〕（唐）白居易著，謝思煒校注：《再授賓客分司》，《白居易詩集校注》，中華書局 2006 年版，第 2255 頁。

〔註83〕（唐）白居易著，謝思煒校注：《江上對酒二首》其一，《白居易詩集校注》，中華書局 2006 年版，第 1939 頁。

〔註84〕（唐）白居易著，謝思煒校注：《馬上作》，《白居易詩集校注》，中華書局 2006 年版，第 667 頁。

〔註85〕（唐）白居易著，謝思煒校注：《池上早夏》，《白居易詩集校注》，中華書局 2006 年版，第 2660 頁。

〔註86〕（唐）白居易著，謝思煒校注：《自題小園》，《白居易詩集校注》，中華書局 2006 年版，第 2722 頁。

〔註87〕（唐）白居易著，謝思煒校注：《憶微之傷仲遠》，《白居易詩集校注》，中華書局 2006 年版，第 1281 頁。

〔註88〕（唐）白居易著，謝思煒校注：《舟中李山人訪宿》，《白居易詩集校

慎勿琴離膝，長須酒滿瓶。〔註89〕

宿客不來嫌冷落，一樽酒對一張琴。〔註90〕

耳根得聽琴初暢，心地忘機酒半酣。〔註91〕

閒居靜侶偶相招，小飲初酣琴欲調。〔註92〕

妻兒不問唯耽酒，冠蓋皆慵只抱琴。〔註93〕

廚香炊黍調和酒，窗暖安弦拂拭琴。〔註94〕

琴匣拂開後，酒瓶添滿時。……自古有琴酒，得此味

者稀。〔註95〕

相關詩句不勝枚舉。彈琴復飲酒，這裡的琴是消遣之琴，在《序洛詩》中表現地尤其明顯，文曰：

除喪朋哭子十數篇外，其他皆寄懷於酒，或取意於琴。

閒適有餘，酣樂不暇。〔註96〕

這裡的琴是親切輕鬆、娛心歡暢之琴，「酣樂不暇」道出琴酒娛情時的欣然之趣。白居易曾將琴、酒、石引為「三友」，如《雙石》末句曰：「石雖不能言，許我為三友。」〔註97〕後又將琴、酒、詩引為「北

注》，中華書局 2006 年版，第 703 頁。

〔註89〕（唐）白居易著，謝思煒校注：《送客南遷》，《白居易詩集校注》，中華書局 2006 年版，第 1534 頁。

〔註90〕（唐）白居易著，謝思煒校注：《期宿客不至》，《白居易詩集校注》，中華書局 2006 年版，第 2151 頁。

〔註91〕（唐）白居易著，謝思煒校注：《琴酒》，《白居易詩集校注》，中華書局 2006 年版，第 2100 頁。

〔註92〕（唐）白居易著，謝思煒校注：《夢得相過援琴命酒因彈秋思偶詠所懷兼寄繼之待價二相府》，《白居易詩集校注》，中華書局 2006 年版，第 2607 頁。

〔註93〕（唐）白居易著，謝思煒校注：《詠懷》，《白居易詩集校注》，中華書局 2006 年版，第 1308 頁。

〔註94〕（唐）白居易著，謝思煒校注：《偶吟二首》其二，《白居易詩集校注》，中華書局 2006 年版，第 2154 頁。

〔註95〕（唐）白居易著，謝思煒校注：《對琴酒》，《白居易詩集校注》，中華書局 2006 年版，第 2311 頁。

〔註96〕（唐）白居易著，謝思煒校注：《白居易文集校注》，中華書局 2011 年版，第 1949 頁。

〔註97〕（唐）白居易著，謝思煒校注：《白居易詩集校注》，中華書局 2006 年版，第 1679 頁。

窗三友」〔註98〕，琴皆位列三友之首。由此可見，古琴作為白居易生活中不可或缺的三種伴侶之一，所起到的怡情作用是其他伴侶難望項背的。

第三節　白詩居士琴意象的佛禪志趣

香山居士白居易深入經藏，修習佛法，喜好遊覽寺廟，與僧侶往來頻繁，其部分琴詩因此染著了與佛、禪相關的內涵，我們稱這類詩作中的古琴意象為「居士琴」，這些意象象徵著白居易出世超脫的佛教志趣，主要包括攻琴如參禪、無弦琴與悟道兩個方面。

一、攻琴與參禪

攻琴與參禪在思維方式上類似，都須「瞥然省悟」，即參悟透徹才能超越塵俗、到達至境，因此，琴師常用參禪之道比喻彈琴之法。白居易的琴詩也體現了這樣的情志。

首先，古琴是白居易的觀心之器。通過琴音，白居易體悟到心能轉物，如其《和答詩十首・和思歸樂》云：

> 山中不棲鳥，夜半聲嚶嚶。似道思歸樂，行人掩泣聽。皆疑此山路，遷客多南征。憂憤氣不散，結化為精靈。我謂此山鳥，本不因人生。人心自懷土，想作思歸鳴。孟嘗平居時，娛耳琴泠泠。雍門一言感，未奏淚沾纓。魏武銅雀妓，日與歡樂並。一旦西陵望，欲歌先涕零。峽猿亦何意，隴水復何情？為入愁人耳，皆為腸斷聲。請看元侍御，亦宿此郵亭。因聽思歸鳥，神氣獨安寧。問君何以然，道勝心自平。雖為南遷客，如在長安城。云得此道來，何慮復何營？窮達有前定，憂喜無交爭。所以事君日，持憲立天庭。雖有回天力，撓之終不傾。況始三十餘，年少有直名。心中志氣大，眼前爵祿輕。君恩若雨露，君威若雷霆。

〔註98〕（唐）白居易著，謝思煒校注：《北窗三友》，《白居易詩集校注》，中華書局 2006 年版，第 2280 頁。

退不苟免難，進不曲求榮。在火辨玉性，經霜識松貞。展
禽任三黜，靈均長獨醒。獲戾自東洛，貶官向南荊。再拜
辭闕下，長揖別公卿。荊州又非遠，驛路半月程。漢水照
天碧，楚山插雲青。江陵橘似珠，宜城酒如鍚。誰謂譴謫
去，未妨遊賞行。人生百歲內，天地暫寓形。太倉一稊米，
大海一浮萍。身委逍遙篇，心付頭陀經。尚達死生觀，寧
為寵辱驚？中懷苟有主，外物安能縈？任意思歸樂，聲聲
啼到明。〔註99〕

聞聲是佛教中一項重要的禪修方便之法，一切音聲皆是陀羅尼，風、
水、鳥、樹皆能說法，梵音、海潮音皆屬妙音，這些聲音能否起作用
全在於心的識別。攻琴與參禪一樣，都強調心的作用。參禪的關鍵在
於心的轉變，《壇經》云：「心行轉《法華》，不行《法華》轉；心正
轉《法華》，心邪《法華》轉。」〔註100〕攻琴亦強調心的作用，彈琴
之意決定了彈琴之聲。白居易通過聽聞琴音印證了佛理。孟嘗平居
時，琴聲「娛耳琴泠泠」，而雍門一言感則「未奏淚沾纓」。通過聲音，
白居易發現了生命的真相──一切都是自心的造作。一旦發現實相，
就能做到隨緣任運，「中懷苟有主，外物安能縈？任意思歸樂，聲聲
啼到明。」

其次，古琴是白居易的清心之器。古琴雅淡的音調超出聲塵之
外，使人心遠離塵囂，心境安祥平和，有著淨心的作用。《聽彈古淥
水》云：「聞君古淥水，使我心和平。欲識慢流意，為聽疏汎聲。」
〔註101〕竹樹幽陰，一片清韻，形同《永嘉證道歌》所言「心鏡明，鑒
無礙，廓然瑩徹周沙界，萬象森羅影現中，一顆圓光非內外」〔註102〕

〔註99〕（唐）白居易著，謝思煒校注：《白居易詩集校注》，中華書局 2006
年版，第 214 頁。

〔註100〕楊曾文校寫：《敦煌新本・六祖壇經》，宗教文化出版社 2011 年版，
第 46 頁。

〔註101〕（唐）白居易著，謝思煒校注：《白居易詩集校注》，中華書局 2006
年版，第 467 頁。

〔註102〕（宋）釋道原：《景德傳燈錄》卷三十，藍吉富主編：《禪宗全書》
第二冊，北京圖書館出版社 2004 年版，第 634 頁。

的境界，聽琴曲讓白居易的身心徜徉在無牽無繫的精神世界中。《松聲》一詩也描繪了白居易在聽聞琴聲之後心境平和的狀態：

> 月好好獨坐，雙松在前軒。西南微風來，潛入枝葉間。
> 蕭寥發為聲，半夜明月前。寒山颯颯雨，秋琴泠泠弦。一
> 聞滌炎暑，再聽破昏煩。竟夕遂不寐，心體俱翛然。南陌
> 車馬動，西鄰歌吹繁。誰知茲簷下，滿耳不為喧。〔註103〕

月下彈琴，秋琴泠泠，解黏去縛，蕩滌煩勞，隨其心淨，則佛土淨。有禪者寂靜觀待世界萬物的風範，蘊含了些許禪機。顯然，此時的琴已不是一項簡單的樂器，而是白居易修煉心性的工具。白居易醉心琴韻不僅是一種崇尚歸隱的生命情懷，更是走向心靈徹悟的方便方法。

　　再次，古琴是白居易的空心之器。彈奏古琴能讓白居易摒除雜念，心如止水。《船夜援琴》云：「鳥棲魚不動，月照夜江深。身外都無事，舟中只有琴。七絃為益友，兩耳是知音。心靜即聲淡，其間無古今。」〔註104〕朗月之下，萬物自適，空靈遠逸，超越時空，何等的清淨與愜意，心境平和沖淡，外界一切的紛擾都不復能引起詩人內心的波動了。白居易在此處用「淡」來形容琴音，「心靜即聲淡，其間無古今」，諸聲淡則無味，琴聲淡則有味，心靜之下，古琴之音沖淡平和，具有「淡」的韻味。「淡」是白居易內心世界的隱射，傾心於古琴可以迥然出塵，進入一個閴靜淡然的高雅世界。白居易借琴安定心神，在專注諦聽泠泠之音後，他發現外界的所有聲音都消歇了，如《寄崔少監》云：

> 微微西風生，稍稍東方明。入秋神骨爽，琴曉絲桐清。
> 彈為古宮調，玉水寒泠泠。自覺弦指下，不是尋常聲。須
> 臾群動息，掩琴坐空庭。直至日出後，猶得心和平。惜哉

〔註103〕　（唐）白居易著，謝思煒校注：《白居易詩集校注》，中華書局2006年版，第473頁。

〔註104〕　（唐）白居易著，謝思煒校注：《白居易詩集校注》，中華書局2006年版，第1870頁。

意未已，不使崔君聽。〔註105〕

憑藉彈琴，白居易漸漸了卻俗世之累，內心歸復平靜，達到一種身世兩忘、萬念俱寂的境界。又如《好聽琴》云：「本性好絲桐，塵機聞即空。一聲來耳裏，萬事離心中。清暢堪銷疾，恬和好養蒙。尤宜聽三樂，安慰白頭翁。」〔註106〕只要一聽到琴聲，一切「塵機」即「空」了，所謂「一聲來耳裏，萬事離心中」〔註107〕。聲音的消歇比其他事物都來得迅速，因此佛門修行的一個竅訣便是聽聞聲音，在《雜阿含經》中有以琴聲的不可執取來闡釋緣起性空的論述，該經卷四十三曰：「如此之琴，有眾多種具，謂有柄、有槽、有麗、有弦、有皮，巧方便人彈之，得眾具因緣乃成音聲，非不得眾具而有音聲。前所聞聲，久已過去，轉亦盡滅，不可持來。」〔註108〕古琴擁有以藝術之器來達道的特殊智慧，是通向開悟的方便法門，白居易聽琴非聽之以耳，而聽之以心，透過琴音參透實相。

二、無弦琴與悟道

白詩還營造了一系列無弦琴意象，這一意象是白居易佛禪素養的集中體現。白居易常用無弦琴表達對佛道的感悟，主要包括四個方面：一、無弦琴是白居易導養性情的法器；二、無弦琴蘊藏著白居易應機接物的修行；三、無弦琴象徵著白居易對明心見性的嚮往；四、無弦琴融攝著白居易對空性的體悟。

其一，無弦琴是白居易導養性情的法器。如《丘中有一士二首》其二：

〔註105〕（唐）白居易著，謝思煒校注：《白居易詩集校注》，中華書局 2006 年版，第 1706 頁。

〔註106〕（唐）白居易著，謝思煒校注：《白居易詩集校注》，中華書局 2006 年版，第 1837 頁。

〔註107〕（唐）白居易著，謝思煒校注：《白居易詩集校注》，中華書局 2006 年版，第 1837 頁。

〔註108〕宗文點校：《雜阿含經》，宗教文化出版社 2011 年版，第 1037～1038 頁。

丘中有一士，守道歲月深。行披帶索衣，坐拍無弦琴。
不飲濁泉水，不息曲木陰。所逢苟非義，糞土千黃金。鄉
人化其風，薰如蘭在林。智愚與強弱，不忍相欺侵。我欲
訪其人，將行復沉吟。何必見其面，但在學其心。〔註109〕

纖塵不染、佛光朗照，超形質而重精神，離塵世而向內心，求玄遠而
棄資生。琴被渲染了一抹佛教出世的色彩，蘊含了某些禪機，妙理本
不可言說，白居易借無弦琴來表達無聲的禪學意蘊。無弦琴之道關乎
生命情性，與琴藝無關，重在引人體會其中的意趣。又如《夜涼》云：
「露白風清庭戶涼，老人先著夾衣裳。舞腰歌袖拋何處，唯對無弦琴
一張。」〔註110〕徐步庭院，夜涼如水，露白風清，禪意冷然，此刻
的無弦琴如參禪一般，將人引入自由不羈、超邁玄遠的意境中。

其二，無弦琴蘊藏著白居易應機接物的修行。如《新昌新居書事
四十韻因寄元郎中張博士》云：

冒寵已三遷，歸期始二年。囊中貯餘俸，園外買閒田。
狐兔同三徑，蒿萊共一廛。新園聊劚穢，舊屋且扶顛。簷
漏移傾瓦，梁敧換蠹椽。平治繞臺路，整頓近階甎。巷狹
開容駕，牆低壘過肩。門閒堪駐蓋，堂室可鋪筵。丹鳳樓
當後，青龍寺在前。市街塵不到，宮樹影相連。省史嫌坊
遠，豪家笑地偏。敢勞賓客訪，或望子孫傳。不見他人愛，
唯將自性便。等閒栽樹木，隨分占風煙。逸致因心得，幽
期遇境牽。松聲疑澗底，草色勝河邊。虛潤冰銷地，晴和
日出天。苔行滑如簟，莎坐軟於緜。簾每當山卷，帷多待
月褰。籬東花掩映，窗北竹嬋娟。跡慕青門隱，名慚紫禁
仙。假歸思晚沐，朝去戀春眠。拙薄才無取，疏慵職不專。
題牆書命筆，沽酒率分錢。柏杵春靈藥，銅瓶漱暖泉。爐
香穿蓋散，籠燭隔紗然。陳室何曾掃，陶琴不要弦。屏除

〔註109〕 （唐）白居易著，謝思煒校注：《白居易詩集校注》，中華書局2006
年版，第120～121頁。

〔註110〕 （唐）白居易著，謝思煒校注：《白居易詩集校注》，中華書局2006
年版，第2673頁。

俗事盡，養活道情全。尚有妻孥累，猶為組綬纏。終須拋爵祿，漸擬斷腥羶。大抵宗莊叟，私心事竺乾。浮榮水劃字，真諦火生蓮。梵部經十二，玄書字五千。是非都付夢，語默不妨禪。博士官猶冷，郎中病已痊。多同僻處住，久結靜中緣。緩步攜筇杖，徐吟展蜀箋。老宜閒語話，悶憶好詩篇。蠻榼來方瀉，蒙茶到始煎。無辭數相見，鬢髮各蒼然。〔註111〕

碧蘚淨潤、花竹自幽、泠泉汩汩、無弦琴在左，未言禪，卻沛然不息，禪意盎然。無弦琴蘊藏著白居易忘卻機心，無事無為的平常心，正可謂「青青翠竹，盡是真如；鬱鬱黃花，無非般若」〔註112〕。洪州禪在白居易所處的時代非常興盛，白居易與洪州一脈的禪師多有接觸，洪州禪認為「平常心是道」，佛法存在於日常生活中，行住坐臥、吃茶吃飯、語言相問無不是禪，此詩受洪州禪思想的影響頗深。

其三，無弦琴象徵著白居易對明心見性的嚮往。如《郡齋暇日辱常州陳郎中使君早春晚坐水西館書事詩十六韻見寄亦以十六韻酬之》云：

新年多暇日，晏起褰簾坐。睡足心更慵，日高頭未裹。徐傾下藥酒，稍熱煎茶火。誰伴寂寥身，無弦琴在左。遙思毗陵館，春深物嫋娜。波拂黃柳梢，風搖白梅朵。衙門排曉戟，鈴閣開朝鎖。太守水西來，朱衣垂素舸。良辰不易得，佳會無由果。五馬正相望，雙魚忽前墮。魚中獲瑰寶，持玩何磊砢。一百六十言，字字靈珠顆。上申心款曲，下敘時轗軻。才富不如君，道孤還似我。敢辭官遠慢，且貴身安妥。勿復問榮枯，冥心無不可。〔註113〕

黃柳白梅，小樹花香、磊落夷猶，老境獨得。「冥心」即無識無慮之

〔註111〕（唐）白居易著，謝思煒校注：《白居易詩集校注》，中華書局 2006 年版，第 1543 頁。

〔註112〕（南唐）靜、筠禪僧編：《祖堂集》卷十二，藍吉富主編：《禪宗全書》第一冊，北京圖書館出版社 2004 年版，第 491 頁。

〔註113〕（唐）白居易著，謝思煒校注：《白居易詩集校注》，中華書局 2006 年版，第 686 頁。

心，《壇經》有云：「識心見性，自成佛道」〔註114〕，這裡將撫琴與禪宗的明心見性聯繫起來。無弦琴有琴無弦與禪宗明心見性在某種層面上有共通之處，故禪師們常以無弦琴為話頭進行機鋒對答，如《祖堂集》卷十二載：「師上堂云：『古琴普視目前音，誰人和得無絲曲？』學人對云：『千機千湊空王曲，無絲古格妙難窮。』」〔註115〕禪師們用無弦琴來勘驗學人是否見性。無弦琴也常用於指代修行境界，如《古尊宿語錄》云：「一等沒弦琴，惟師彈得妙」〔註116〕，是說禪師無礙無著，通達法性。

其四，無弦琴融攝著白居易對空性的體悟。無弦琴無聲，無聲與有聲相對，無聲賴之於有聲。琴聲之有，從無所生，有而生變，化為琴韻，終歸虛無，非有非無。無弦琴的要旨體現在有與無的對立上，欣賞音樂的關鍵在於樂曲之內在，而不在於樂器之形式。白居易《琴》云：「置琴曲機上，慵坐但含情。何煩故揮弄，風弦自有聲。」〔註117〕是否有弦並不重要，重要的是欣賞弦外之趣，抵達超然物外的境地。空生萬有，芥子納須彌，「風弦」會發出別樣的音聲，正如《琵琶行》所云「此時無聲勝有聲」〔註118〕，就像空不是什麼都沒有，無聲是另外一種聲音，雖萬籟俱寂卻長空絕際，了了分明。通過無弦琴，白居易體悟了空性之美，這種美在於由「有聲」之境界進於「無聲」之境界，由入世的紛擾進入出世的清靜。

總之，白居易偏愛古琴，究其原因，既有儒家所倡導的「士無故

〔註114〕楊曾文校寫：《敦煌新本·六祖壇經》，宗教文化出版社2011年版，第29頁。

〔註115〕（南唐）靜、筠禪僧編：《祖堂集》卷十二，藍吉富主編：《禪宗全書》第一冊，北京圖書館出版社2004年版，第661頁。

〔註116〕（宋）賾藏主編：《古尊宿語錄》卷一，藍吉富主編：《禪宗全書》第四十三冊，北京圖書館出版社2004年版，第5頁。

〔註117〕（唐）白居易著，謝思煒校注：《白居易詩集校注》，中華書局2006年版，第710頁。

〔註118〕（唐）白居易著，謝思煒校注：《白居易詩集校注》，中華書局2006年版，第962頁。

不撤琴瑟」〔註119〕理念在起作用，同時，也有佛家「援琴以入道」觀念從中影響。白居易古琴詩中的「文人琴」意象，滲透著他入世濟世和獨善其身的儒家情懷；「居士琴」意象則象徵著他出世超脫的佛教志趣。從文人琴到居士琴，古琴意象的內涵逐漸嬗變，即從入世濟世的儒家思想逐漸轉變為出世超脫的佛教思想。由此可知，藉由古琴的音聲之法，白居易開啟了他的禪悟人生。

〔註119〕胡平生、張萌譯注：《禮記》，中華書局 2017 年版，第 72 頁。

結　語

　　白居易青年時期開始歸敬佛教，篤信佛教直至命終，不僅佛緣彌深，且獲得了一定的證量。明代高僧、淨土宗第八代祖師蓮池大師雲棲袾宏對白居易的修持做出了極高的評介，認為白居易等四公（另三位為蘇軾、張掄、張商英）：「雖西方瑞應史未詳錄，而據因以考古，不生西方將奚生哉」〔註1〕。在蓮池大師看來，白居易最終修成正果，如願往生西方極樂世界了。關於白居易與佛教關係的研究尚有許多問題未被揭示出來。因此本文以他的詩歌與學佛的關係為研究對象，從宗教實踐的角度對其詩歌進行多維觀照，為中晚唐詩歌研究起到添磚加瓦的作用。

　　研究白居易的文學創作必須將當時的社會背景、文化樣態，以及白居易的信仰世界、閱讀經歷全部納入考量的範疇，否則我們得到的結論必然是有偏差的。我們從白居易與同時代詩人張祜的對話中，可以看出社會背景和個人閱歷對於詩歌理解的重要性。據孟棨《本事詩》記載：

　　　　詩人張祜，未嘗識白公。白公刺蘇州，祜始來謁。才
　　見白，白曰：「久欽籍，嘗記得君款頭詩。」祜愕然曰：「舍

─────────────────────

〔註1〕（明）雲棲袾宏撰，明學主編：《蓮池大師全集》第二冊，上海古籍出版社2011年版，第917頁。

人何所謂？」白曰：「『鴛鴦鈿帶拋何處，孔雀羅衫付阿誰？』非款頭何邪？」張頓首微笑，仰而答曰：「祐亦嘗記得舍人目連變。」白曰：「何也？」祐曰：「『上窮碧落下黃泉，兩處茫茫皆不見。』非目連變何邪？」遂與歡宴竟日。〔註2〕

唐代佛教興盛，佛教變文《目連變》非常盛行，張祐與白居易一樣，都看過這齣變文，所以，當他讀到《長恨歌》時，很自然地知道某一句的源頭和出處。從白居易「遂與歡宴竟日」可以看出，白居易默認了自己從佛教變文獲得創作資糧的事實。作為與白居易相距時代甚遠的現代，文化語境發生了翻天覆地的變化，我們已經不能很好地理解其中的佛教因素。因此，為了更好地解讀白居易與佛禪相關的作品，立足於當時的社會背景和白居易的宗教實踐是較為穩妥的研究方法。基於此，本文經過認真研究得出以下結論：

一、白居易學佛是內外因共同推進的結果。唐代濃厚的佛教氛圍和普遍的習禪風氣，是白詩禪緣的社會背景；在追求理想的道路上所遇到的窮愁和苦難，推進了白居易趨向佛教的進程。

二、白居易秉持禪淨雙修的宗教修法。白居易的禪法傳承頗為複雜，既有南宗、北宗還有牛頭宗。他所接觸的南宗僧人中也分屬各個派系，既有菏澤宗，也有洪州宗，呈現出諸宗融合的特點，具體修行方式為坐禪。白居易的淨土信仰涵蓋了彌勒和彌陀信仰，具體修行方式有持名念佛、放生、供養和布施等。總體上，白居易秉持禪淨雙修的修行方式，他在青少年時期以禪宗為主，中年時期則禪淨雙修，晚年尤其是大和八年（834）以後，逐漸轉向淨土宗。

三、白居易所研習的佛教經典繁多，《維摩詰經》和《金剛經》是白居易經常涉獵的兩部佛經，且對白居易的思想和創作產生了深刻的影響。《維摩詰經》中的人物形象對白居易的居士形象塑造起到了重要作用；《維摩詰經》中的詞彙典故豐富了白居易詩歌的藝術想像；

〔註 2〕（唐）孟棨：《本事詩》，丁福保輯：《歷代詩話續編》，中華書局 1983 年版，第 21 頁。

《維摩詰經》對白居易「不二」思想的形成至關重要。在《金剛經》的影響下，白居易形成了中道觀和夢幻觀，觀待世界有了不同的方式。

四、白居易的詩歌創作顯示，他習慣於採用佛教的無常觀和色空觀觀照世界。白居易受無常觀的影響頗深，白詩蘊含著豐富的無常觀內容，在常者皆盡、高者亦墮等層面表現尤其明顯。色空觀是白居易常用的觀照方法，《長恨歌》是空觀視野下遊戲三昧的產物。《長恨歌》之所以能夠感動人心，成為膾炙人口的作品，獲益於空觀的觀照視野。因為白居易具有佛教空觀的視野，因此觀待人間悲歡離合的時候，是客觀的超脫的，既有諷刺與規諫，也有同情與悲憫，這種視角高於政治、愛情等視角。所以一篇《長恨歌》，有人看到了愛情，有人看到了諷喻，有人看到了悼亡，這也成為學界一直以來對《長恨歌》主題爭論不斷的原因。

五、在佛教思想的濡染下，白居易的佛寺詩與別離詩呈現出了一些不同的特徵。佛寺詩既融攝著白居易的入世情懷，又蘊藏著白居易的出世情懷。在白居易的入世生活中，佛寺見證了白居易仕途的浮沉，同時佛寺還是白居易遊玩賞樂和交遊聯誼的去處。白居易佛寺詩的出世情懷，主要包括三方面：其一，佛寺是白居易遠離俗世的暫棲處；其二，佛寺還是白居易經歷人生變故時的倚靠處；其三，佛寺更是白居易精神的最終皈依處。白居易的別離詩內容豐富，涵蓋了兄弟別、夫妻別、情人別和與友人別等種種人間別離，皆痛楚深沉，悲傷淒惻，其根源為白居易對愛別離苦的領悟。

六、在佛教思想的影響下，白居易的古琴詩不僅滲透著他入世濟世、獨善其身的儒家情懷，同時也染著了濃厚的佛禪意味。白居易寫作的古琴詩有120餘首，涉及琴曲十餘種。白居易古琴詩中的「文人琴」意象，滲透著他入世濟世、獨善其身的儒家情懷。首先，古琴是白居易入世濟世的重要媒介，主要表現在兩方面：一、古琴是白居易入世交友的重要器具；二、古琴是白居易表達濟世匡時志願的重要載體。其次，古琴是白居易獨善其身的重要道具，主要表現在禁情、寄

情和怡情三個方面。白居易古琴詩中的「居士琴」意象象徵著白居易出世超脫的佛教志趣，主要包括攻琴如參禪、無弦琴與悟道兩方面。從文人琴到居士琴，古琴的內涵逐漸嬗變，體現了白居易由儒入佛思想的轉變。

要之，本文通過分析白居易佛教因緣與詩歌的關係，還原了一代文人學士的生命途程，使我們深刻感知到佛教思想在白居易人生境界和文學創作中留下的印記。

附錄一：白居易佛教文學創作年譜 [註1]

唐代宗大曆七年壬子（七七二），白居易生，一歲

大曆八年癸丑（七七三），二歲

大曆九年甲寅（七七四），三歲

大曆十年乙卯（七七五），四歲

大曆十一年丙辰（七七六），五歲

　　　據《與元九書》，五六歲開始學詩，弟白行簡生。

大曆十二年丁巳（七七七），六歲

大曆十三年戊午（七七八），七歲

大曆十四年己未（七七九），八歲

建中元年庚申（七八〇），九歲

───────────

〔註 1〕本年譜的製作參考了王拾遺《白居易生活繫年》、朱金城《白居易年
　　　譜簡編》、謝思煒《白居易年譜簡編》。參見王拾遺編：《白居易生活
　　　繫年》，寧夏人民出版社 1981 年版。（唐）白居易著，朱金城箋校：《白
　　　居易集箋校》，上海古籍出版社 1988 年版。（唐）白居易著，謝思煒
　　　校注：《白居易詩集校注》，中華書局 2006 年版。（唐）白居易著，謝
　　　思煒校注：《白居易文集校注》，中華書局 2011 年版。

建中二年辛酉（七八一），十歲

建中三年壬戌（七八二），十一歲

建中四年癸亥（七八三），十二歲

興元元年甲子（七八四），十三歲

貞元元年乙丑（七八五），十四歲

貞元二年丙寅（七八六），十五歲

　　作品：《江南送北客因憑寄徐州兄弟書》等。

貞元三年丁卯（七八七），十六歲

　　作品：《除夜寄弟妹》等。

貞元四年戊辰（七八八），十七歲

貞元五年己巳（七八九），十八歲

　　在衢州。

　　作品：《病中作》（久為勞生事）等。

貞元六年庚午（七九〇），十九歲

貞元七年辛未（七九一），二十歲

貞元八年壬申（七九二），二十一歲

　　據《唐太原白氏之殤墓誌銘》，是年居符離。

貞元九年癸酉（七九三），二十二歲

貞元十年甲戌（七九四），二十三歲

　　在襄陽。父白季庚病逝。奔喪途中作《旅次景空寺宿幽上人院》等。

貞元十一年乙亥（七九五），二十四歲

　　丁憂於符離。

貞元十二年丙子（七九六），二十五歲

丁優於符離。

作品：《寒食野望吟》等。

貞元十三年丁丑（七九七），二十六歲

丁優於符離。

貞元十四年戊寅（七九八），二十七歲

是年夏，白家移居洛陽，白居易往饒州依長兄。

貞元十五年己卯（七九九），二十八歲

作品：《自河南經亂關內阻饑兄弟離散各在一處因望月有感聊書所懷寄上浮梁大兄於潛七兄烏江十五兄兼示符離及下邽弟妹》等。

貞元十六年庚辰（八〇〇），二十九歲

登進士第。據《唐摭拾》，登第後，在慈恩寺大雁塔下題名。回鄉省親，過符離流溝寺。

作品：《寒食臥病》、《亂後過流溝寺》、《寄湘靈》等。

貞元十七年辛巳（八〇一），三十歲

春，在符離，七月，在宣州，秋，歸洛陽。

作品：《歡發落》、《花下自勸酒》等。

元十八年壬午（八〇二），三十一歲

在長安。

作品：《生別離》等。

貞元十九年癸未（八〇三），三十二歲

冬十二月返符離徙家。

貞元二十年甲申（八〇四），三十三歲

暮春，徙家下邽。

作品:《邯鄲冬至夜思家》、《八漸偈》等。

貞元二十一年、永貞元年乙酉（八〇五），三十四歲

在長安，為校書郎。寓居永崇里華陽觀。遊慈恩寺、遊西明寺。

作品:《永崇里觀居》、《三月三十日題慈恩寺》、《西明寺牡丹花時憶元九》、《感時》等。

憲宗元和元年丙戌（八〇六），三十五歲

在長安，罷校書郎。與元積寓居華陽觀，撰《策林》七十五篇。四月，應才識兼茂明於體用科，以對策語直，入第四等（乙等）。十二月，與陳鴻、王質夫同遊仙遊寺。

作品:《送武士曹歸蜀》、《遊仙遊山》、《長恨歌》、《自城東至以詩代書戲招李六拾遺崔二十六先輩》、《酬李少府曹長官舍見贈》、《秋霖中過尹縱之仙遊山居》等。

元和二年丁亥（八〇七），三十六歲

在盩厔縣任縣尉，遊宿仙遊寺。暮秋，調回長安，任集賢殿校理，遊雲居寺。送文暢上人東遊。

作品:《寄江南兄弟》、《期李二十文略王十八質夫不至獨宿仙遊寺》、《送文暢上人東遊》、《遊雲居寺贈穆三十六地主》、《仙遊寺獨宿》、《寄題盩厔廳前雙松》、《聽彈古淥水》等。

元和三年戊子（八〇八），三十七歲

在長安。居新昌里，與楊汝士之從妹完婚。

作品:《早秋曲江感懷》、《翰林院中感秋懷王質夫》、《松齋自題》、《論和糴狀》等。

元和四年乙丑（八〇九），三十八歲

在長安。女金鑾子生。

作品:《曲江感秋》、《送王十八歸山寄題仙遊寺》、《醉後走筆酬劉五主簿長句之贈兼簡張大賈二十四先輩昆季》、《同錢員外題絕糧僧

巨川》等。

元和五年庚寅（八一〇），三十九歲

在長安，遊青龍、清源和西明等寺，元稹謫江陵，於永壽寺為其送行。

作品：《和答詩十首》、《別舍弟後月夜》、《青龍寺早夏》、《代書詩一百韻寄微之》、《和夢遊春詩一百韻》、《新磨鏡》、《重酬錢員外》、《自題寫真》、《酬錢員外雪中見寄》、《重題西明寺牡丹》、《隱几》、《孔戡》、《初除戶曹喜而言志》、《見元九悼亡詩因以此寄》、《和元九悼往》、《勸酒寄元九》、《憶元九》、《初與元九別後忽夢見之及寤而書適至兼寄桐花詩悵然感懷因以此寄》、《秋居書懷》、《早梳頭》等。

元和六年辛卯（八一一），四十歲

四月母陳氏病逝，全家遷下邽丁憂，冬，女金鑾子夭。

作品：《夜雨》、《重到渭上舊居》、《白髮》（白髮知時節）、《病中哭金鑾子》、《送兄弟回雪夜》、《自覺二首》、《閒居》（空腹一盞粥）、《春眠》、《歎老三首》等。

元和七年壬辰（八一二），四十一歲

丁憂於下邽，遊悟真寺。

作品：《感鏡》、《遊藍田山卜居》、《答卜者》、《適意二首》、《晚春酤酒》、《聞哭者》等。

元和八年癸巳（八一三），四十二歲

丁憂於下邽。

作品：《效陶潛體詩十六首》、《登村東古冢》、《念金鑾子二首》等。

元和九年甲午（八一四），四十三歲

丁憂於下邽，遊悟真、感化等寺。

作品：《眼暗》、《病中作》（病來城裏諸親故）、《病中得樊大

書》、《開元九詩書卷》、《九日寄行簡》、《別行簡》、《夜雨有念》、《渭村退居寄禮部崔侍郎翰林錢舍人詩一百韻》、《感化寺見元九劉三十二題名處》、《遊悟真寺詩一百三十韻》、《遊悟真寺回山下別張殷衡》、《冬夜》、《夢裴相公》、《晝臥》、《寒食夜有懷》、《夜坐》（庭前盡立到夜）、《夜坐》（斜月入前楹）、《有感》、《贈內》（漠漠暗苔新雨地）、《暮立》等。

元和十年乙未（八一五），四十四歲

在長安，居昭國裏，遊安國寺。與廣宣上人、恒寂師交往密切。八月，乃奏貶州刺史，王涯復論不當治郡，追改江州司馬，初出藍田，遊玉泉寺，宿清源寺。到襄陽，乘舟經鄂州，於黃鶴樓望頭陀寺。冬初到江州，遊東林寺。十二月，編詩集十五卷成，約八百首。冬，江童捕雁，居易買而放之。歲暮，與元積書，暢論詩歌應以揭露民生疾苦為主旨。

作品：《罷藥》、《晏坐閒吟》、《放旅雁》、《酬盧秘書二十韻》、《途中感秋》、《謫居》、《放言五首》、《送春》、《逢舊》（我梳白髮添新恨）、《醉後卻寄元九》、《溢浦早冬》、《題玉泉寺》、《東林寺白蓮》、《廣宣上人以應制詩見示因以贈之詔許上人居安國寺紅樓院以詩供奉》、《贈杓直》、《夢舊》、《強酒》、《與盧侍御於黃鶴樓宴罷同望》、《自誨》、《盧侍御與崔評事為予於黃鶴樓置宴宴罷同望》、《與元九書》、《恒寂師》、《苦熱題恒寂師禪室》、《歲暮道情二首》、《重到城七絕句·見元九》、《朝歸書事寄元八》、《江州雪》、《朝回遊城南》等。

元和十一年丙申（八一六），四十五歲

任江州司馬。二月，赴廬山，遊東林、西林、大雲和寶稱等寺，訪陶潛舊宅。廬山東林寺道深、懷縱、如建等二十位僧眾，請白居易撰上弘和尚碑銘，未果。秋，又遊東西二林寺。籌劃在廬山修築草堂。與東林寺智滿、歸宗寺智常往還頻繁。

作品：《詠意》、《放魚》、《晚春登大雲寺南樓贈常禪師》、《訪陶公舊宅》、《春遊二林寺》、《漸老》、《櫻桃花下歎白髮》、《惜落花贈崔二十四》、《憶微之傷仲遠》、《送客之湖南》、《南浦歲暮對酒送王十五歸京》、《歲暮》（已任時命去）、《宿西林寺早赴東林滿上人之會因寄崔二十二員外》、《宿西林寺》、《宿東林寺》、《寄李相公崔侍郎錢舍人》、《遊寶稱寺》、《答戶部崔侍郎書》、《秋晚》（籬菊花稀砌桐落）、《琵琶行》等。

元和十二年丁酉（八一七），四十六歲

任江州司馬。正月十五日夜於東林寺學禪，嘗試閉關。三月，盧山草堂成，遷入新居，登香爐峰頂，遊遺愛寺。四月，東西二長老湊、朗、滿、晦、堅等二十二人，具齋施茶果參加白居易草堂落成儀式，還與法演、利辯、道深、道建、神照、雲臬、息慈、寂然等僧人，遊東西二林寺，夜宿大林寺。九月，興果寺律德大師神湊去世，白居易為其撰塔銘。

作品：《雨中赴劉十九二林之期及到寺劉已先去因以四韻寄之》、《江南謫居十韻》、《閉關》、《衰病》（老辭遊冶尋花伴）、《閒吟》、《郡廳有樹晚榮早凋人不識名因題其上》、《題舊寫真圖》、《偶然二首》其一、《題詩屏風絕句》、《東南行一百韻，寄通州元九侍御、澧州李十一舍人、果州崔二十二使君、開州韋大員外、庾三十二補闕、杜十四拾遺、李二十助教員外、竇七校書》、《感情》、《詠懷》（自從委順任浮沉）、《聽李士良琵琶》、《正月十五日夜東林寺學禪偶懷藍田楊六主簿因呈智禪師》、《讀靈澈詩》、《因沐感發寄朗上人二首》、《興果上人歿時題此訣別兼簡二林僧社》、《臨水坐》、《酬元員外三月三十日慈恩寺相憶見寄》、《香爐峰下新置草堂即事詠懷題於石上》、《香爐峰下新卜山居草堂初成偶題東壁五首》、《遺愛寺》、《答微之》、《唐江州興果寺律大德湊公塔碣銘》、《遊大林寺序》、《草堂記》、《山居》、《登香爐峰頂》、《潯陽歲晚寄元八郎中庾三十三員外》、《閒意》、《贈韋鍊師》、《尋陽春三首》、《郡廳有樹晚榮早凋人不識名因題其上》、《大林寺桃

花》、《送友人上峽赴東川辟命》、《夜送孟司公》、《昭君怨》、《江樓夜吟元九律詩成三十韻》等。

元和十三年戊戌（八一八），四十七歲

任江州司馬，遊東林寺、遺愛寺。為景雲寺律德上弘和尚撰塔銘，其弟子饋絹百匹，白居易將之捐贈給東林寺建造經藏西廊。

作品：《詠懷》（冉求與顏淵）、《自題》（功名宿昔人多許）、《送客春遊嶺南二十韻》、《贈寫真者》、《李白墓》、《廬山草堂夜雨獨宿寄牛二李七庾三十二員外》、《風雨晚泊》、《醉吟二首》、《山中獨吟》、《病起》、《東牆夜合樹去秋為風雨所摧今年花時悵然有感》、《自江州司馬授忠州刺史仰荷聖澤聊書鄙誠》、《清明日送韋侍御貶虔州》、《歲暮》（窮陰急景坐相催）、《戲答諸少年》、《弄龜羅》、《寄微之》、《元十八從事南海欲出廬山臨別舊居有戀泉聲之什因以投和兼伸別情》、《晚題東林寺雙池》、《九日醉吟》、《答元八郎中楊十二博士》、《贈曇禪師》、《題遺愛寺前溪松》、《夢亡友劉太白同遊章敬寺》、《唐撫州景雲寺故律大德上弘和尚石塔碑銘》、《浩歌行》、《自到潯陽生三女子因詮真理用遣妄懷》、《達理二首》、《自悲》、《對酒》（漫把參同契）、《除忠州寄謝崔相公》、《初著刺史緋答友人見贈》、《初除官蒙裴常侍贈鵲銜瑞草緋袍魚袋因謝惠貺兼抒離情》、《又答賀客》、《送客春遊嶺南二十韻》、《洪州逢熊孺登》、《夜琴》、《齊物二首》等。

元和十四年己亥（八一九），四十八歲

調任忠州刺史，春，自江州啟程赴忠州，二十八日抵忠州。為長安興善寺惟寬撰寫碑銘。為東林寺撰寫經藏西廊記。

作品：《歲晚》、《寄王質夫》、《即事寄微之》、《和李灃州題韋開州經藏詩》、《留北客》、《陰雨》、《傳法堂碑》、《負冬日》、《郡齋暇日憶廬山草堂兼寄二林僧社三十韻多敘貶官已來出處之意》、《龍昌寺荷池》、《東林寺經藏西廊記》、《江州赴忠州至江陵已來舟中示舍弟五十韻》、《送蕭處士遊黔南》等。

元和十五年庚子（八二〇），四十九歲

　　春，遊開元寺、龍昌上寺。夏，自忠州召還，經三峽，於黃牛山寺稍作停留，由商山路返長安。與忠州僧清禪師過從甚密。

　　作品：《委順》、《哭王質夫》、《哭諸故人因寄元八》、《花下對酒二首》其二、《江上送客》、《遣懷》（樂往必悲生）、《開元寺東池早春》、《登龍昌上寺望江南山懷錢舍人》、《不二門》、《野行》、《臥小齋》、《發白狗峽次黃牛峽登高寺卻望忠州》、《錢虢州以三堂絕句見寄因以本韻和之》、《戲贈蕭處士清禪師》、《代州民問》、《木蓮樹生巴峽山谷間巴民亦呼為黃心樹大者高五丈涉冬不凋身如青楊有白文葉如桂厚大無脊花如蓮香色豔膩皆同獨房蕊有異四月初始開自開迨謝僅二十日忠州西北十里有鳴玉谿生者穠茂尤異元和十四年夏命道士毋丘元志寫惜其遐僻因題三絕句云》其二、《留題開元寺上方》等。

穆宗長慶元年辛丑（八二一），五十歲

　　在長安。任尚書主客郎中、知制誥。春，購新昌里宅。與韋處厚俱詣普濟寺道宗律師所，同受八關齋戒。作詩贈與智滿、朗上人、晦師和寂然等僧。夏，居易加朝散大夫，始著緋，又轉上柱國。妻楊氏授弘農縣君。深秋，獨遊慈恩寺。十月十九日，轉中書舍人，十一月二十八日，充制策考官。

　　作品：《慈恩寺有感》、《新昌新居書事四十韻因寄元郎中張博士》、《初加朝散大夫又轉上柱國》、《春憶二林寺舊遊因寄朗滿晦三上人》、《寄白頭陀》、《自問》（黑花滿眼絲滿頭）、《寄遠》、《竹窗》、《寄山僧》、《中書夜直夢忠州》、《送客南遷》等。

長慶二年壬寅（八二二），五十一歲

　　在長安任中書舍人，在蕭相公宅偶遇自遠禪師。七月，自中書舍人除杭州刺史。經藍田，宿清源寺。經五臺山，遇坐禪僧。時宣武軍亂，汴河未通，乃取道襄漢赴任，途經江州，與李渤會，訪廬山草堂。途中曾訪紫霞蘭若、吉祥寺。十月，至杭州。

作品：《衰病》（老與病相仍）、《惜小園花》、《曲江感秋二首》其一、《蕭相公宅遇自遠禪師有感而贈》、《初出城留別》、《和殷協律琴思》、《聽彈湘妃怨》、《虛白堂》、《東院》、《宿清源寺》、《閒坐》、《逍遙詠》、《商山路有感》、《清調吟》、《過紫霞蘭若》、《龍花寺主家小尼》、《吉祥寺見錢侍郎題名》、《詠懷》（昔為鳳閣郎）、《郡亭》、《寓言題僧》、《晚歲》、《重感》、《馬上作》等。

長慶三年癸卯（八二三），五十二歲

在杭州任刺史。遊靈隱、孤山、天竺等寺。與靈隱寺僧韜光禪師交往密切。

作品：《題靈隱寺紅辛夷花戲酬光上人》、《西湖晚歸，回望孤山寺，贈諸客》、《早興》、《官舍》、《湖中自照》、《新秋病起》、《晚歸有感》、《重向火》、《食飽》、《郡齋暇日辱常州陳郎中使君早春晚坐水西館書事詩十六韻見寄亦以十六韻酬之》、《贈蘇煉師》、《孤山寺遇雨》、《題孤山寺山石榴花示諸僧眾》、《錢塘湖春行》、《天竺寺七葉堂避暑》、《秋蝶》、《蘇州李中丞以元日郡齋感懷詩寄微之及予輒依來篇七言八韻走筆奉答兼呈微之》、《杭州春望》、《餘思未盡加為六韻重寄微之》等。

長慶四年甲辰（八二四），五十三歲

在杭州任刺史，遊天竺、靈隱和招賢等寺。在天竺寺送東林寺士堅歸廬山。在內道場聽永歡說《維摩詰經》，臨別時永歡請白居易以詩相贈。在白宅宴請韜光禪師。與東林寺遠師往還密切。五月，除太子右庶子分司東都。月末離杭，經汴河路，秋至洛陽，買洛陽履道里楊馮故宅居之。冬，《白氏長慶集》五十卷編成，元積為序。

作品：《好聽琴》、《自餘杭歸宿淮口作》、《味道》、《贈侯三郎中》、《琴》、《天竺寺送堅上人歸廬山》、《留題天竺靈隱兩寺》、《答微之見寄》、《北院》、《臥疾》、《內道場永歡上人就郡見訪善說維摩經臨別請詩因以此贈》、《洛下寓居》、《紫陽花》、《早飲湖州酒寄崔使君》、《招

韜光禪師》、《仲夏齋戒月》、《遠師》、《問遠師》、《三年為刺史二首》其二、《題清頭陀》、《愛詠詩》、《舟中李山人訪宿》、《履道新居二十韻》等。

敬宗寶曆元年乙巳（八二五），五十四歲

在洛陽。為聖善寺如信大師撰功德幢記。三月四日，除蘇州刺史，二十九日，發洛陽，過汴州，渡淮水，五月五日，至蘇州。

作品：《如信大師功德幢記》、《喚笙歌》、《一葉落》、《歲暮寄微之三首》、《船夜援琴》、《郡中夜聽李山人彈三樂》、《郡西亭偶詠》、《和微之聽妻彈別鶴操，因為解釋其義，依韻加四句》、《東城桂三首》、《贈言》、《登閶門閒望》、《同微之贈別郭虛舟煉師五十韻》、《自到郡齋僅經旬日方專公務未及宴遊偷閒走筆題二十四韻兼寄常州賈舍人湖州崔郎中仍呈吳中諸客》、《題籠鶴》、《崔湖州贈紅石琴薦煥如錦文無以答之以詩酬謝》、《勸酒》等。

寶曆二年丙午（八二六），五十五歲

在蘇州刺史任。二月，墜馬傷腰，因病痛感人世遷流，萌休官之念，五月，齋居一個月，又得眼病，遂長期告假，病假期間，遊東西武丘、靈巖、報恩、思益、楞伽和棲靈等寺。杭州龍興寺僧南操請靈隱寺僧道峰講《大方廣佛華嚴經》後，發廣大願，願成，請白居易撰文記錄。

作品：《自詠五首》、《宿靈巖寺上院》、《仲夏齋居偶題八韻寄微之及崔湖州》、《答次休上人》、《琴茶》、《雙石》、《宿東亭曉興》、《江上對酒二首》其一、《感悟妄緣題如上人壁》、《酒筵上答張居士》、《城上夜宴》、《題靈巖寺》、《靈巖寺》、《宿靈巖寺上院》、《武丘寺路宴留別諸妓》、《題東武丘寺六韻》、《華嚴經社石記》、《題報恩寺》、《武丘寺路》、《夜遊西武丘寺八韻》、《與夢得同登棲靈塔》、《真娘墓》、《自思益寺次楞伽寺作》、《卯時酒》、《眼病二首》、《重答和劉和州》、《自喜》（自喜天教我少緣）等。

文宗大和元年丁未（八二七），五十六歲

春，返洛陽，三月十七日，徵為秘書，賜金紫，復居長安新昌里第。九月二十五日，為龍興寺華嚴經柱撰文。十月十日，文宗誕日，詔居易與安國寺沙門義林、太清宮道士楊弘元於麟德殿講論儒釋道三教教義。遊藍田玉泉寺，終南山圓光寺。歲暮，奉使洛陽。

作品：《塗山寺獨遊》、《有小白馬乘馭多時奉使東行至稠桑驛溘然而斃足可驚傷不能忘情題二十韻》、《閒詠》、《種白蓮》、《松下琴贈客》、《題道宗上人十韻》、《三教論衡》、《塗山寺獨遊》、《登觀音臺望城》、《登靈應臺北望》、《與僧智如夜話》、《題噴玉泉》、《憶廬山舊隱及洛下新居》等。

大和二年戊申（八二八），五十七歲

遊龍門寺。繼五十卷集編成後，續編《後集》五卷成，又編與元稹唱和集《因繼集》。從是年起至開成元年（836），白居易修建蘇州南禪院千佛堂轉輪經藏。

作品：《對琴待月》、《齋月靜居》、《花前有感兼呈崔相公劉郎中》、《和我年三首》其一、《送鶴與裴相臨別贈詩》、《楊家南亭》、《聽田順兒歌》、《和送劉道士遊天台》、《晚從省歸》、《戊申歲暮詠懷三首》、《觀幻》、《和微之詩二十三首·和晨霞》、《龍門下作》、《寄殷協律》、《病假中龐少尹攜魚酒相過》、《臨都驛答夢得六言二首》、《因繼集重序》、《和三月三十日四十韻》、《和裴相公傍水絕句》等。

大和三年己酉（八二九），五十八歲

為蘇州重玄寺法華院石壁經撰寫碑文。上元節前，四位老友病逝，居易甚感人生無常。三月末假滿，罷刑部侍郎，以太子賓客分司洛陽，四月，返洛陽，居履道里第。冬，生子阿崔。

作品：《玩止水》、《感舊寫真》、《僧院花》、《和除夜作》、《和春深二十首》、《酬別微之》、《夜調琴憶崔少卿》、《和順之琴者》、《偶作二首》其一（解帶松下風，抱琴池上月）、《自問》（年來私自問）、《蘇

州重玄寺法華院石壁經碑文》、《和微之詩二十三首・和知非》、《祭中書韋相公文》、《偶作》（張翰一杯酒）、《酬令狐相公春日尋花見寄六韻》、《想東遊五十韻》、《偶詠》、《池上篇》、《阿崔》等。

大和四年更戌（八三〇），五十九歲

在洛陽。十二月二十八日，除河南尹。遍遊玉泉、香山和天宮等寺。與自遠、清閒交遊頻繁。

作品：《香山寺石樓潭夜浴》、《和微之歎木槿花》、《夜宴惜別》、《酬皇甫賓客》（玄晏家風黃綺身）、《哭皇甫七郎中》、《晚起》、《期宿客不至》、《新雪二首》、《疑夢二首》、《思往喜今》、《行香歸》、《同王十七庶子李六員外鄭二侍御同年四人遊龍門有感而作》、《秋遊平泉贈韋處士閒禪師》、《對小潭寄遠上人》、《秋池》、《獨遊玉泉寺》、《夜題玉泉寺》、《朝課》、《偶吟二首》、《閒吟二首》、《嗟落髮》、《登天宮閣》等。

大和五年辛亥（八三一），六十歲

在河南尹任，子阿崔夭。遊香山寺。與奉國寺僧人神照、清閒、宗實交遊密切。秋，元稹薨，為元稹撰墓誌，將元稹家眷所贈價當六七十萬之物悉布施給龍門香山寺，請奉國寺僧清閒主持。冬，於福先寺內為劉禹錫餞行。

作品：《池上》、《魏堤有懷》、《哭崔兒》、《贈僧五首》、《齋居》、《六十拜河南尹》、《哭微之二首》、《代夢得吟》、《初喪崔兒報微之晦叔》、《醉中重留夢得》、《池窗》、《晚歸香山寺因詠所懷》、《府中夜賞》、《福先寺雪中餞劉蘇州》、《病眼花》等。

大和六年壬子（八三二），六十一歲

在洛陽，八月，發心修繕香山寺竣工。白寂然派遣門徒常贄，從沃洲山來到洛陽，請白居易撰寫禪院記。遊龍興、法王、嵩嶽、龍潭、天宮和少林等寺。

作品：《天宮閣早春》、《沃洲山禪院記》、《南龍興寺殘雪》、《從

龍潭寺至少林寺題贈同遊者》、《宿龍潭寺》、《初入香山院對月》、《老病》、《惜落花》、《憶夢得》、《寄劉蘇州》、《聞樂感鄰》、《憶晦叔》、《聽幽蘭》、《琴酒》、《夜招晦叔》、《重修香山寺畢題二十二韻以紀之》、《舒員外遊香山寺數日不歸兼辱尺書大誇勝事時正值坐衙慮囚之際走筆題長句以贈之》、《夜從法王寺下歸嶽寺》、《答崔賓客晦叔十二月四日見寄》、《睡覺》、《修香山寺記》、《贈韋處士六年夏大熱旱》、《憶舊遊》等。

大和七年癸丑（八三三），六十二歲

在河南尹任。遊香山寺。與神照及其弟子宗密、清閒、宗實在奉國寺相見。

作品：《香山寺二絕》、《贈草堂宗密上人》、《把酒》、《感舊詩卷》、《冬日早起閒詠》、《再授賓客分司》、《出府歸吾廬》、《自詠》（白衣居士紫芝仙）、《將歸一絕》、《六年冬暮贈崔常侍晦叔》、《喜照密閒實四上人見過》、《哭崔常侍晦叔》、《微之敦詩晦叔相次長逝歸然自傷因成二絕》、《七年元日對酒五首》其五、《酬舒三員外見贈長句》、《彈秋思》、《醉別程秀才》等。

大和八年甲寅（八三四），六十三歲

在洛陽，為太子賓客分司，整理了從大和三年（829）春開始在洛陽五年間所作的 432 首詩作。與長壽寺道嵩等六十人、優婆塞士良等八十人受八關齋戒，繪彌勒經變一鋪。遊玉泉寺三里澗賞紅躑躅，遊菩提、香山、天宮和天竺等寺。為泗州開元寺律德正明遠大師撰塔銘。與奉國寺僧神照、宗實交往頻繁。白居易夫人繡西方極樂世界圖。

作品：《負春》、《神照禪師同宿》、《序洛詩》、《感白蓮花》、《北窗三友》、《詩酒琴人例多薄命予酷好三事雅當此科而所得已多為幸斯甚偶成狂詠聊寫愧懷》、《宿天竺寺回》、《奉酬侍中夏中雨後遊城南莊見示八韻》、《玉泉寺南三里澗下多深紅躑躅繁豔殊常感惜題詩以示遊者》、《喜聞》、《菩提寺上方晚望香山寺寄舒員外》、《菩提寺上方晚

眺》、《拜表回閒遊》、《早服雲母散》、《讀禪經》、《吹笙內人出家》、《雪中晏起偶詠所懷兼呈張常侍韋庶子皇甫郎中雜言》、《洛陽有愚叟》、《池上閒吟二首》其二、《詠懷》（我知世如幻）、《大唐泗州開元寺臨壇律德徐泗濠三州僧正明遠大師塔碑銘》、《畫彌勒上生幀贊》、《哭崔二十四常侍》、《答皇甫十郎中秋深酒熟見憶》、《送宗實上人遊江南》、《古意》、《早秋登天宮寺閣贈諸客》等。

大和九年乙卯（八三五），六十四歲

在洛陽，六十卷《白氏文集》編成，送盧山東林寺收藏。遊天宮寺和龍興寺，宿香山寺。

作品：《東林寺白氏文集記》、《開襟》、《覽鏡喜老》、《往年稠桑驛曾喪白馬題詩廳壁今來尚存又復感懷更題絕句》、《池上作》、《閒臥有所思二首》其一、《對琴酒》、《池上二絕》其一、《自在》、《送張常侍西歸》、《宿香山寺酬廣陵牛相公見寄》、《因夢有悟》、《羅敷水》、《二月一日作贈韋七庶子》、《將歸渭村先寄舍弟》、《詔下》、《送姚杭州赴任因思舊遊二首》其二、《九年十一月二十一日感事而作》、《和皇甫郎中秋曉同登天宮閣言懷六韻》、《五月齋戒罷宴撤樂聞韋賓客皇甫郎中飲會亦稀又知欲攜酒饌出齋先以長句呈謝》、《磐石銘》等。

開成元年丙辰（八三六），六十五歲。

在洛陽。春，蘇州南禪院千佛堂轉輪經藏落成。閏五月，六十五卷《白氏文集》編成，藏東都聖善寺律疏庫樓。六月，赴香山寺避暑，寄宿文暢師處。為聖善寺缽塔院智如和尚撰寫茶毗幢記。與閒、振、元、旻四上人交往頻繁。

作品：《香山避暑二絕》、《聖善寺白氏文集記》、《香山下卜居》、《夏日作》、《偶於維揚牛相公處覓得箏箏未到先寄詩來走筆戲答》、《早春即事》、《哭師皋》、《雨中聽琴者彈別鶴操》、《閒臥寄劉同州》、《贈客談》、《東都十律大德長聖善寺缽塔院主智如和尚茶毗幢記》、《齋戒滿夜戲招夢得》、《清明日登老君閣望洛城贈韓道士》、《題天竺

南院贈閒振元旻四上人》、《長齋月滿攜酒先與夢得對酌醉中同赴令公
之宴戲贈夢得》、《病中贈南鄰覓酒》、《歡春風兼贈李二十侍郎二絕》、
《奉酬淮南牛相公思黯見寄二十四韻》等。

開成二年丁巳（八三七），六十六歲

在洛陽。為蘇州南禪院千佛堂撰寫碑記。

作品：《蘇州南禪院千佛堂轉輪經藏石記》、《齒落辭》、《六十六》、
《送李滁州》、《酬牛相公宮城早秋寓言見示兼呈夢得》、《三適贈道
友》、《和裴令公一日日一年年雜言見贈》等。

開成三年戊午（八三八），六十七歲

在洛陽。遊乾元、天宮、香山等寺。

作品：《醉吟先生傳》、《九月八日酬皇甫十見贈》、《酬夢得以予
五月長齋延僧徒絕賓友見戲十韻》、《戲贈夢得兼呈思黯》、《酬皇甫十
早春對雪見贈》、《蘇州故吏》、《杪秋獨夜》、《夢得相過援琴命酒因彈
秋思偶詠所懷兼寄繼之待價二相府》、《憶江南詞三首》、《三年除夜》、
《自詠》(鬚白面微紅)、《寒食日寄楊東川》、《與牛家妓樂雨夜合宴》、
《春日題乾元寺上方最高峰亭》、《三年冬隨事鋪設小堂寢處稍似穩暖
因念衰病偶吟所懷》、《天宮閣秋晴晚望》、《遊平泉宴浥潤宿香山石樓
贈座客》、《奉和裴令公三月上巳日遊太原龍泉憶去歲禊洛見示之
作》、《贈張處士韋山人》等。

開成四年乙未（八三九），六十八歲

二月，編六十七卷《白氏文集》成，除家藏外，別錄三本，分送
東都聖善寺鉢塔院律疏庫樓、廬山東林寺經藏院、蘇州南禪院千佛
堂。春，遊天宮寺，受八關齋戒。十月，得風疾，清閒上人前去探望。

作品：《春日閒居三首》、《病中宴坐》、《書事詠懷》、《蘇州南禪
院白氏文集記》、《病中詩十五首》、《早春獨登天宮閣》、《白髮》(白
髮生來三十年)、《齋戒》、《答閒上人來問因何風疾》、《感蘇州舊舫》、
《戲贈禮經老僧》、《醉吟先生墓誌銘》等。

開成五年庚申（八四○），六十九歲

在洛陽，重修香山寺經藏堂竣工。秋，宿香山寺文暢師處。十一月，《白氏洛中集》十卷編成，藏於香山寺。為奉國寺禪德大師神照撰寫塔銘。請人繪製西方淨土變和彌勒經變。

作品：《畫西方幀記》、《池上早夏》、《夜涼》、《寄題廬山舊草堂兼呈二林寺道侶》、《五年秋病後獨宿香山寺三絕句》、《香山寺新修經藏堂記》、《在家出家》、《老病幽獨偶吟所懷》、《畫彌勒上生幀記》、《唐東都奉國寺禪德大師照公塔銘》、《香山寺白氏洛中集記》、《題香山新經堂招僧》、《自戲三絕句》、《閒居》（風雨蕭條秋少客）、《時熱少見客人因詠所懷》、《臥疾來早晚》、《改業》等。

武宗會昌元年辛酉（八四一），七十歲

春，百日長假滿，停少傅官，與如滿見面。

作品：《寄潮州繼之》、《南侍御以石相贈助成水聲因以絕句謝之》、《楊六尚書頻寄新詩詩中多有思閒相就之志因書鄙意報而諭之》、《山下留別佛光和尚》、《六贊偈》、《感秋詠意》等。

會昌二年壬戌（八四二），七十一歲

在洛陽，以刑部尚書致仕，給半俸。編二十卷《後集》，送廬山東林寺收藏。遊豐樂、招提和佛光等寺。與清閒禪師於奉國寺林下避暑，為如滿寫真。

作品：《二年三月五日齋畢開素當食偶吟贈妻子弘農郡君》、《出齋日喜皇甫十早訪》、《病中看經贈諸道侶》、《感舊》、《送後集往廬山東林寺兼寄雲皋上人》、《刑部尚書致仕》、《不出門》（彌月不出門）、《夢上山》、《香山居士寫真詩》、《遊豐樂招提佛光三寺》、《達哉樂天行》、《道場獨坐》、《佛光和尚真贊》、《夏日與閒禪師林下避暑》、《答客說》、《招山僧》、《談氏小外孫玉童》、《以詩代書酬慕巢尚書見寄》等。

會昌三年癸亥（八四三），七十二歲

在洛陽。

會昌四年甲子（八四四），七十三歲

在洛陽。施家財，與道遇共同發心，開龍門八節石灘，以利舟楫。

作品：《開龍門八節石灘詩二首》、《狂吟七言十四韻》等。

會昌五年乙丑（八四五），七十四歲

在洛陽。春，持齋三旬。夏，合僧如滿、李元爽等寫為「九老圖」。五月一日，《續後集》五卷編成，與前編《白氏長慶集》五十卷、《後集》二十卷，共七十五卷文集五本，兩本送給侄龜郎和外孫談閣童家藏，另三本分送廬山東林寺經藏院、蘇州南禪寺經藏院和東都聖善寺缽塔院律疏庫樓。

作品：《齋居春久感事遣懷》、《九老圖詩》、《白氏文集後序》等。

會昌六年丙寅（八四六），七十五歲

在洛陽，八月，卒於洛陽履道里第，贈尚書右僕射。十一月，葬香山如滿師塔側。

作品：《齋居偶作》、《自問此心呈諸老伴》等。

附錄二：白居易與僧侶交遊情況繫年表〔註1〕

時　間	僧人	僧人所在地	作品
貞元十年（794）	幽上人	襄州景空寺	《旅次景空寺宿幽上人院》
貞元十六年（800）以前	正一上人	不詳	《感芍藥花寄正一上人》
	明準上人	不詳	《客路感秋寄明準上人》
貞元十六年（800）前後	定光上人	天台山	《題贈定光上人》
貞元二十年（804）	法凝	洛陽聖善寺鉢塔院	《八漸偈》序：「唐貞元十九年秋八月，有大師曰凝公遷化於東都聖善寺塔院。」
元和二年（807）	文暢	池州	《送文暢上人東遊》
元和三年（808）至元和五年（810）	光宣上人（廣宣）	長安	《贈別宣上人》
元和四年（809）	巨川	長安	《同錢員外題絕糧僧巨川》

〔註1〕本表的製作參考了謝思煒《白居易詩集校注》及《白居易文集校注》關於僧人的考證。參見（唐）白居易著，謝思煒校注：《白居易詩集校注》，中華書局 2006 年版。（唐）白居易著，謝思煒校注：《白居易文集校注》，中華書局 2011 年版。

元和十年（815）	光宣上人（廣宣）	長安	《廣宣上人以應制詩見示因以贈之詔許上人居安國寺紅樓院以詩供奉》
	許上人	長安	《廣宣上人以應制詩見示因以贈之詔許上人居安國寺紅樓院以詩供奉》
	恒寂師	長安	《恒寂師》、《苦熱題恒寂師禪室》
元和十一年（816）	智滿	江州廬山東林寺	《宿西林寺早赴東林滿上人之會因寄崔二十二員外》
	智常	江州廬山歸宗寺	《晚春登大雲寺南樓贈常禪師》
元和十二年（817）	法演	江州廬山東林寺	《遊大林寺序》：「余與河南元集虛、范陽張允中、南陽張深之、廣平宋郁、安定梁必復、范陽張特，東林寺沙門法演、智滿、士堅、利辯、道深、道建、神照、雲皋、息慈、寂然，凡十七人。」
	神照	洛陽奉國寺	同上
	寂然	剡縣沃洲山禪院	同上
	道深	江州廬山東林寺	同上
	道建	江州廬山東林寺	同上
	雲皋上人	江州廬山東林寺	同上
	息慈	江州廬山東林寺	同上
	利辯	江州廬山東林寺	同上、《唐江州興果寺律大德湊公塔碣銘》：「門人道建、利辯、元審、元總等封墳建塔。」

道建	江州廬山東林寺	《唐江州興果寺律大德湊公塔碣銘》：「門人道建、利辯、元審、元總等封墳建塔。」
元審	江州廬山東林寺	同上
元總	江州廬山東林寺	同上
神湊	江州興果寺	《草堂記》：「東西二林寺長老湊、朗、滿、晦、堅等二十二人，具齋施茶果以落之。」《興果上人歿時題此訣別兼簡二林僧社》、《唐江州興果寺律大德湊公塔碣銘》
士堅	江州廬山東林寺	《遊大林寺序》：「余與河南元集虛、范陽張允中、南陽張深之、廣平宋郁、安定梁必復、范陽張特，東林寺沙門法演、智滿、士堅、利辯、道深、道建、神照、雲臯、息慈、寂然，凡十七人。」《草堂記》：「東西二林寺長老湊、朗、滿、晦、堅等二十二人，具齋施茶果以落之。」
智滿	江州廬山東林寺	《遊大林寺序》：「余與河南元集虛、范陽張允中、南陽張深之、廣平宋郁、安定梁必復、范陽張特，東林寺沙門法演、智滿、士堅、利辯、道深、道建、神照、雲臯、息慈、寂然，凡十七人。」《草堂記》：「東西二林寺長老湊、朗、滿、晦、堅等二十二人，具齋施茶果以落之。」《正月十五日夜東林寺學禪偶懷藍田楊六主簿因呈智禪師》

	朗上人	江州盧山東林寺	《草堂記》:「東西二林寺長老湊、朗、滿、晦、堅等二十二人,具齋施茶果以落之。」《因沐感發寄朗上人二首》
	晦師	江州盧山東西二林寺	《草堂記》:「東西二林寺長老湊、朗、滿、晦、堅等二十二人,具齋施茶果以落之。」
	靈澈	會稽雲門寺	《讀靈澈詩》
元和十三年(818)	曇禪師	長安慈恩寺	《贈曇禪師》
	上弘和尚	撫州景雲寺	《唐撫州景雲寺故律大德上弘和尚石塔碑銘》
	道深	江州盧山東林寺	《唐撫州景雲寺故律大德上弘和尚石塔碑銘》:「元和十一年春,盧山東林寺僧道深、懷縱、如建、沖契、宗一、至柔、誓諸、智則、智明、雲皋、太易等凡二十輩……請司馬白居易作先師碑。」
	懷縱	江州盧山東林寺	同上
	如建	江州盧山東林寺	同上
	沖契	江州盧山東林寺	同上
	宗一	江州盧山東林寺	同上
	至柔	江州盧山東林寺	同上
	誓諸	江州盧山東林寺	同上
	智則	江州盧山東林寺	同上

	智明	江州廬山東林寺	同上
	太易	江州廬山東林寺	同上
	雲臬上人	江州廬山東林寺	《唐撫州景雲寺故律大德上弘和尚石塔碑銘》：「元和十一年春，廬山東林寺僧……雲臬、太易等凡二十輩……。」
元和十四年（819）	惟寬（大徹禪師）	長安興善寺	《輿地碑記目》卷一《衢州碑記》：「唐白居易大徹禪師傳法堂記。在西安縣北玉泉鄉月果禪寺。」《傳法堂碑》：「先是大徹禪師宴居於是寺，說法於是堂，因名焉。」
	圓鏡	長安興善寺	《傳法堂碑》：「師之徒殆千餘，達者三十九，其入室受道者有義崇，有圓鏡。」
	義崇	長安興善寺	《傳法堂碑》：「師之徒殆千餘，達者三十九，其入室受道者有義崇，有圓鏡。」
	法演	江州廬山東林寺	《東林寺經藏西廊記》：「因請寺長老演公、滿公、琳公等經之，寺綱維令杲、靈、達等成之。」
	智滿	江州廬山東林寺	同上
	琳公	江州廬山東林寺	同上
	杲	江州廬山東林寺	同上
	靈	江州廬山東林寺	同上
	達	江州廬山東林寺	同上

元和十五年（820）	清禪師	忠州	《戲贈蕭處士清禪師》
長慶元年（821）	智滿	江州廬山東林寺	《春憶二林寺舊遊因寄朗滿晦三上人》
	朗上人	江州廬山東林寺	同上
	晦師	江州廬山東西二林寺	同上
	寂然	剡縣沃洲山禪院	《寄白頭陀》
長慶二年（822）	自遠	常活動於長安、洛陽一帶的僧人	《蕭相公宅遇自遠禪師有感而贈》
	坐禪僧	五臺山	《寓言題僧》：「劫風火起燒荒宅，苦海波生蕩破船。力小無因救焚溺，清涼山下且安禪。」
	智常	江州廬山歸宗寺	《祖堂集》：「歸宗和尚嗣馬大師，在江州廬山。師諱智常，未詳姓氏。……白舍人為江州刺史，頗甚殷敬。舍人參師，師泥壁次。師回首云：『君子儒？小人儒？』白舍人云：『君子儒。』」另據《宋高僧傳》記載，白居易任江州司馬期間，與李渤二人一同拜訪智常法師。《唐廬山歸宗寺智常傳》云：「釋智常者，挺拔出倫，操履清約，遍參知識，影附南泉，同遊大寂之門，乃見江西之道。元和中，駐錫廬山歸宗淨院。……白樂天貶江州司馬，最加欽重。續以李渤員外，元和六年隱嵩，少以著作徵起，杜元穎排之，出為虔州刺史南康，曾未卒歲，遷江州刺史。……到郡，喜與白樂天相遇。

			因言潯陽廬阜山水之最，人物賢哲隱淪。論惠遠遺跡，遂述歸宗禪師善談禪要，李曰：『朝廷金榜早晚有嗜菜阿師名目。』白曰：『若然，則未識食菜阿師歟？』白強勸遊二林，意同見常耳。及到歸宗，李問曰：『教中有言，須彌納芥子，芥子納須彌，如何芥子納得須彌？』常曰：『人言博士學覽萬卷書籍，還是否耶？』李曰：『忝此虛名。』常曰：『摩踵至頂，只若干尺身，萬卷書向何處著？』李俯首無言，再思稱歎。」
長慶三年（823）以前	濟法師	不詳	《與濟法師書》
長慶三年（823）	韜光禪師	杭州靈隱寺	《題靈隱寺紅辛夷花戲酬光上人》
長慶四年（824）	士堅	江州廬山東林寺	《天竺寺送堅上人歸廬山》
	韜光禪師	杭州靈隱寺	《招韜光禪師》
	清頭陀	杭州	《題清頭陀》
	遠師	江州廬山東林寺	《遠師》、《問遠師》
	永歡	杭州	《內道場永歡上人就郡見訪善說維摩經臨別請詩因以此贈》
寶曆元年（825）	如信	洛陽聖善寺	《如信大師功德幢記》
	智如	洛陽聖善寺	《如信大師功德幢記》：「同學大德繼居本院者曰智如，弟子上首者曰嚴隱，暨歸靖、藏周、常貴、懷崇、圓恕、圓昭、貞操等若干人，聚謀幢事。」

	嚴隱	洛陽聖善寺	同上
	歸靖	洛陽聖善寺	同上
	藏周	洛陽聖善寺	同上
	常賁	洛陽聖善寺	同上
	懷崇	洛陽聖善寺	同上
	圓恕	洛陽聖善寺	同上
	圓昭	洛陽聖善寺	同上
	貞操	洛陽聖善寺	同上
寶曆元年（825）至 寶曆二年（826）	韜光禪師	杭州靈隱寺	《寄韜光禪師》
寶曆二年（826）	如信	洛陽聖善寺	《感悟妄緣題如上人壁》
	次休上人	不詳	《答次休上人》
	南操	杭州龍興寺	《華嚴經社石記》：「有杭州龍興寺僧南操……」。
	道峰	杭州靈隱寺	《華嚴經社石記》：「請靈隱寺僧道峰講《大方廣佛華嚴經》。」
大和元年（827）	智如	洛陽聖善寺	《與僧智如夜話》
	義林	長安安國寺	《三教論衡》：「安國寺賜紫引駕沙門義林。」
大和元年（827）至 大和二年（828）	道宗上人	長安普濟寺	《題道宗上人十韻》
	次休上人	不詳	《題道宗上人十韻》：「不似休上人，空多碧雲思。」
	護國	不詳	《題道宗上人十韻》：「知上人者云爾，恐不知上人者，謂為護國、法振、靈一、皎然之徒與？故予題二十句以解之。」
	法振	鄭州無礙寺	同上
	靈一	揚州龍興寺	同上
	皎然	湖州妙喜寺	同上

大和四年（830）	遠師	江州廬山東林寺	《對小潭寄遠上人》
	清閒	洛陽奉國寺	《秋遊平泉贈韋處士閒禪師》
大和五年（831）	智如	洛陽聖善寺	《贈僧五首》其一《缽塔院如大師》
	神照	洛陽奉國寺	《贈僧五首》其二《神照上人》
	清閒	洛陽奉國寺	《贈僧五首》其五《清閒上人》
	宗實	洛陽奉國寺	《贈僧五首》其四《宗實上人》
	自遠	常活動於長安、洛陽一帶	《贈僧五首》其三《自遠禪師》
大和六年（832）	清閒	洛陽奉國寺	《修香山寺記》：「因請悲智僧清閒主張之。」
	寂然	剡縣沃洲山禪院	《沃洲山禪院記》：「有頭陀僧白寂然來遊茲山。」
	常贄	剡縣沃洲山禪院	《沃洲山禪院記》：「六年夏，寂然遣門徒僧常贄自剡抵洛，持書與圖，詣從叔樂天乞為禪院記。」
大和七年（833）	神照	洛陽奉國寺	《喜照密閒實四上人見過》
	宗密	終南山圭峰草堂寺	《喜照密閒實四上人見過》、《贈草堂宗密上人》
	清閒	洛陽奉國寺	《喜照密閒實四上人見過》
	宗實	洛陽奉國寺	同上
大和八年（834）	神照	洛陽奉國寺	《神照禪師同宿》
	正明遠大師	泗州開元寺	《大唐泗州開元寺臨壇律德徐泗濠三州僧正明遠大師塔碑銘》

	僧亮	泗州開元寺	《大唐泗州開元寺臨壇律德徐泗濠三州僧正明遠大師塔碑銘》:「今按弟子僧僧亮、元素行狀序而銘之。」
	元素	泗州開元寺	同上
	道崇	洛陽長壽寺	《畫彌勒上生幀贊》:「南贍部州大唐國東都城長壽寺大苾芻道崇、存一、惠恭等六十人……」
	存一	洛陽長壽寺	同上
	惠恭	洛陽長壽寺	同上
	宗實	洛陽奉國寺	《送宗實上人遊江南》
大和九年（835）	下棋僧	洛陽	《池上二絕》其一:「山僧對棋坐，局上竹陰清。映竹無人見，時聞下子聲。」
開成元年（836）	振公	洛陽聖善寺	《聖善寺白氏文集記》:「與今長老振大士為香火之社。」《東都十律大德長聖善寺缽塔院主智如和尚茶毗幢記》:「今院主上首弟子振公泊傳法受道侍者弟子某等若干人，合力建幢，以畢師志。振輩以居易忝為是院門徒者有年矣，又十年以還，蒙師授八關齋戒。」《題天竺南院贈閒振元旻四上人》
	智如	洛陽聖善寺	《東都十律大德長聖善寺缽塔院主智如和尚茶毗幢記》、《聖善寺白氏文集記》:「中大夫、守太子少傅、馮翊縣開國侯、上柱國、賜紫金魚袋太原白居易，字樂天，與東都聖善寺缽塔院故長老智如大師有齋戒之因。」

	清閑	洛陽奉國寺	《題天竺南院贈閑振元旻四上人》
	元上人	不詳	同上
	旻上人	不詳	同上
	暢師	洛陽香山寺	《香山避暑二絕》其一：「香山樓北暢師房。」
開成二年（837）	清閑	蜀沙門	《蘇州南禪院千佛堂轉輪經藏石記》：「千佛堂轉輪經藏者，先是郡太守居易發心，蜀沙門清閑矢謨，吳僧常敬、弘正、神益等僝工，商主鄧子成、梁華等施財，院僧法弘、惠滿、契元、惠雅等蒇事。」
	常敬	吳僧	同上
	弘正	吳僧	同上
	神益	吳僧	同上
	法弘	蘇州南禪院	同上
	惠滿	蘇州南禪院	同上
	契元	蘇州南禪院	同上
	惠雅	蘇州南禪院	同上
	元遂禪師	湖州妙喜寺	《蘇州南禪院千佛堂轉輪經藏石記》：「宜請有福智僧、越之妙喜寺長老元遂禪師為之主……」
開成三年（838）	如滿	洛陽佛光寺	《醉吟先生傳》：「與嵩山僧如滿為空門友。」
開成四年（839）	清閑	洛陽奉國寺	《答閑上人來問因何風疾》
	禮經老僧	洛陽	《戲贈禮經老僧》
開成五年（840）	振長老	不詳	《香山寺新修經藏堂記》：「與閑、振、源、濟、釗、操、州、暢八長老，及比丘眾百二十人圍繞讚歎之。」

暢師	洛陽香山寺	《香山寺新修經藏堂記》：「與閒、振、源、濟、釗、操、州、暢八長老，及比丘眾百二十人圍繞讚歎之。」《五年秋病後獨宿香山寺三絕句》其一：「還向暢師房裏宿，新秋月色舊灘聲。」
清閒	洛陽奉國寺	《香山寺新修經藏堂記》：「與閒、振、源、濟、釗、操、州、暢八長老，及比丘眾百二十人圍繞讚歎之。」
源	不詳	同上
濟	不詳	同上
釗	不詳	同上
操	不詳	同上
州	不詳	同上
神照	洛陽奉國寺	《唐東都奉國寺禪德大師照公塔銘》
清閒	洛陽奉國寺	《唐東都奉國寺禪德大師照公塔銘》：「傳教主院上首弟子沙門清閒，糾門徒，合財施，與服勤弟子志行等，營度襄事⋯⋯」
宗實	洛陽奉國寺	《唐東都奉國寺禪德大師照公塔銘》：「其諸升堂入室得心要口訣者，有宗實在襄⋯⋯」
志行	洛陽奉國寺	《唐東都奉國寺禪德大師照公塔銘》：「傳教主院上首弟子沙門清閒，糾門徒，合財施，與服勤弟子志行等，營度襄事⋯⋯」
復儼	洛陽奉國寺	《唐東都奉國寺禪德大師照公塔銘》：「其諸升堂入室得心要口訣者，有宗實在襄，復儼在洛，道益在鎮，

			知遠在徐，法建在晉，道光在潤，道威在潞，雲真在慈，雲表在汴，歸忍在越，會幽、齊經在蔡，智全、景玄、紹明在秦，各於一方，分作佛事。」
	道益	洛陽奉國寺	同上
	知遠	洛陽奉國寺	同上
	法建	洛陽奉國寺	同上
	道光	洛陽奉國寺	同上
	道威	洛陽奉國寺	同上
	雲真	洛陽奉國寺	同上
	雲表	洛陽奉國寺	同上
	歸忍	洛陽奉國寺	同上
	會幽	洛陽奉國寺	同上
	齊經	洛陽奉國寺	同上
	智全	洛陽奉國寺	同上
	景玄	洛陽奉國寺	同上
	紹明	洛陽奉國寺	同上
會昌元年（841）	如滿	洛陽佛光寺	《山下留別佛光和尚》
	崇珪	洛陽龍興寺	《宋高僧傳》卷九《唐洛京龍興寺崇珪傳》：「釋崇珪，……開成元年，贊皇公攝冢宰，請珪於洛龍興寺化徒。其所談法，宗秀之提唱，獲益明心者多矣。忽告眾決別，春秋八十六。白侍郎撰塔銘，會昌元年辛酉八月十日入塔云。」
會昌二年（842）	如滿	洛陽佛光寺	《佛光和尚真贊》
	雲皋上人	江州廬山東林寺	《送後集往廬山東林寺兼寄雲皋上人》
	清閒	洛陽奉國寺	《夏日與閒禪師林下避暑》

會昌四年（844）	道遇	洛陽	《開龍門八節石灘詩二首》序：「會昌四年，有悲智僧道遇適同發心，經營開鑿。」
會昌五年（845）	如滿	洛陽佛光寺	《九老圖詩》
不詳	震覺大師	薪州雙峰寺	《新定九域志》卷五《薪州》：「雙峰寺，有四相真身塔。鼓角山，天欲雨，即先鼓角鳴。唐震覺大師碑，白居易文。」《方輿勝覽》卷四十九：「烏牙山，在黃梅東北五十里。有靈峰院，白居易、張商英碑記存焉。」應即此碑。《天下金石志》卷四《湖廣・黃州府》亦著錄此碑。《湖北金石志》卷六詳細記載此碑流傳，引《輿地紀勝》云：「烏牙有靈師院，黃梅縣東北五十里有白居易所撰碑，以在鼓角南，一曰南山圓證祖師道場。嘉慶通志分為二碑，不考之甚。」
不詳	甄公禪師	荊州福壽寺	釋贊寧《宋高僧傳》卷十一：「甄公尋掛錫於蘇州棱伽山……時白居易牧是郡，接其談道，不禁披襟解帶，心遊無物之場，得甄之閫閾矣。」
不詳	鳥窠禪師	杭州鳳林寺	釋普濟《五燈會元》:「元和中，白居易侍郎出守茲郡，因入山謁師。問曰：『禪師住處甚危險。』師曰：『太守危險尤甚！』白曰：『弟子位鎮江山，何險之有！』師曰：『薪火相交，識性不停，得非險乎？』又問：『如何是佛法大意』師曰：『諸惡莫作，眾善奉行。』白

			曰：『三歲孩兒也解恁麼道。』師曰：『三歲孩兒雖道得，八十老人行不得。』白作禮而退。」《祖堂集》卷三、《景德傳燈錄》卷四對此事均有記載，所記內容大體相同。當時白居易與鳥窠禪師問答的偈頌還有碑刻。據《輿地碑記目》卷一《臨安府碑記》曰：「唐白舍人鳥窠禪師問答頌。在定業院。」《祖堂集》記載白居易寫給鳥窠禪師的佚詩：「行羸骨瘦久修行，一納麻衣稱道情。曾結草庵倚碧樹，天涯知有鳥窠名。」
不詳	慧琳	杭州永福寺	《宋高僧傳》卷十六：「慧琳，字抱玉，俗姓柯，新安人。……中書舍人白居易等，皆以公退至院，致禮稽問佛法宗意，染指性相。」

附錄三：白居易佛寺相關作品繫年表

〔註1〕

時　　間	寺　　廟	寺廟所在地	作　　品
貞元十六年（800）前	流溝寺	符離流溝山	《題流溝寺古松》
貞元十年（794）	景空寺	襄州	《旅次景空寺宿幽上人院》
貞元十六年（800）	慈恩寺	長安朱雀門街第三街晉昌坊	《唐摭言》：「慈恩塔下題名處，十七人中最少年。」
	流溝寺	符離流溝山	《亂後過流溝寺》
貞元二十年（804）	聖善寺	洛陽	《八漸偈》：「唐貞元十九年秋八月，有大師曰凝公遷化於東都聖善寺缽塔院。」
貞元二十一年、永貞元年（805）	慈恩寺	長安朱雀門街第三街晉昌坊	《三月三十日題慈恩寺》

〔註1〕本表的製作參考了謝思煒《白居易詩集校注》及《白居易文集校注》、
　　　肖伯韜《〈白居易集〉所涉佛寺輯考》關於佛寺及地點的考證。參見
　　　（唐）白居易著，謝思煒校注：《白居易詩集校注》，中華書局 2006
　　　年版。（唐）白居易著，謝思煒校注：《白居易文集校注》，中華書局
　　　2011 年版。肖偉韜：《白居易詩歌創作考論》，江西人民出版社 2014
　　　年版。

	西明寺	長安朱雀門街西第三街延康坊西南隅	《西明寺牡丹花時憶元九》
元和元年（806）	仙遊寺	盩厔城南仙遊山	《遊仙遊山》、《秋霖中過尹縱之仙遊山居》
	崇敬寺	長安	《自城東至以詩代書戲招李六拾遺崔二十六先輩》：「猶當崇敬牡丹時。」
元和二年（807）	仙遊寺	盩厔城南仙遊山	《仙遊寺獨宿》、《期李二十文略王十八質夫不至獨宿仙遊寺》
	雲居寺	長安城南終南山	《遊雲居寺贈穆三十六地主》
元和三年（808）	仙遊寺	盩厔城南仙遊山	《翰林院中感秋懷王質夫》：「何日仙遊寺，潭前秋見君。」
元和四年（809）	仙遊寺	盩厔城南仙遊山	《送王十八歸山寄題仙遊寺》
	流溝寺	符離流溝山	《醉後走筆酬劉五主簿長句之贈兼簡張大賈二十四先輩昆季》：「流溝山色應如故。」
元和四年（809）至元和六年（811）間	青龍寺	長安朱雀門街東第五街新昌坊	《和錢員外青龍寺上方望舊山》
元和五年（810）	青龍寺	長安朱雀門街東第五街新昌坊	《青龍寺早夏》
	慈恩寺	長安朱雀門街第三街晉昌坊	《代書詩一百韻寄微之》：「高上慈恩塔。」
	清源寺	藍田縣南輞谷	《代書詩一百韻寄微之》：「水過清源寺。」
	崇敬寺	長安	《代書詩一百韻寄微之》：「崇敬牡丹期。」
	西明寺	長安朱雀門街西第三街延康坊西南隅	《重題西明寺牡丹》

	永壽寺	長安朱雀門街第五街	《和答詩十首》序：「自永壽寺南，抵新昌里北。」《初與元九別後忽夢見之及寤而書適至兼寄桐花詩悵然感懷因以此寄》：「永壽寺中語，新昌坊北分。」
	山北寺	長安城東藍田縣附近	《和答詩十首》序：「是夕，足下次於山北寺。」
	興善寺	長安靖恭坊	《代書詩一百韻寄微之》：「樹依興善老。」
元和七年（812）	悟真寺	藍田縣東南王順山	《遊藍田山卜居》：「本性便山寺，應須旁悟真。」
元和九年（814）	青龍寺	長安朱雀門街東第五街新昌坊	《渭村退居寄禮部崔侍郎翰林錢舍人詩一百韻》：「青龍寺北廊。」
	悟真寺	藍田縣東南王順山	《遊悟真寺詩一百三十韻》、《遊悟真寺回山下別張殷衡》
	感化寺	藍田	《感化寺見元九劉三十二題名處》
元和十年（815）	玉泉寺	藍田	《題玉泉寺》
	東林寺	江州廬山	《東林寺白蓮》
	清源寺	藍田縣南輞谷	《宿清源寺》：「往謫潯陽去，夜憩輞溪曲。今為錢塘行，重經茲寺宿。」
	安國寺	長安朱雀門街東第四街長樂坊	《廣宣上人以應制詩見示因以贈之詔許上人居安國寺紅樓院以詩供奉》
	頭陀寺	武昌府江夏縣	《與盧侍御於黃鶴樓宴罷同望》：「白花浪濺頭陀寺，紅葉林籠鸚鵡洲。」
元和十一年（816）至元和十三年（818）	石甕寺	驪山華清宮	《江南遇天寶樂叟》：「金鈿照耀石甕寺，蘭麝薰煮溫湯源。」
元和十一年（816）	東西二林寺	江州廬山	《春遊二林寺》、《宿東林寺》、《宿西林寺早赴東林滿上人之會因寄崔二十二員外》、《宿西林寺》、《歲暮》（已任時命去）：「擬近東林寺，溪邊結一廬。」《詠意》：「春遊慧遠寺。」

	大雲寺	江州	《晚春登大雲寺南樓贈常禪師》
	寶稱寺	江州廬山	《遊寶稱寺》
元和十二年（817）	慈恩寺	長安朱雀門街第三街晉昌坊	《酬元員外三月三十日慈恩寺相憶見寄》
	大林寺	江州	《大林寺桃花》
	東西二林寺	江州廬山	《正月十五日夜東林寺學禪偶懷藍田楊六主簿因呈智禪師》、《雨中赴劉十九二林之期及到寺劉已先去因以四韻寄之》、《讀靈澈詩》：「東林寺裏西廊下，石片鐫題數首詩」、《東南行一百韻，寄通州元九侍御、澧州李十一舍人、果州崔二十二使君、開州韋大員外、庾三十二補闕、杜十四拾遺、李二十助教員外、竇七校書》：「林對東西寺，山分大小姑」、《因沐感發寄朗上人二首》其二：「掩鏡望東寺，降心謝禪客。」《唐江州興果寺律大德湊公塔碣銘》：「後從僧望移隸東林寺。」
	遺愛寺	江州廬山	《香爐峰下新置草堂即事詠懷題於石上》、《香爐峰下新卜山居草堂初成偶題東壁五首》、《遺愛寺》、《登香爐峰頂》、《草堂記》：「山北峰曰香爐峰，北寺曰遺愛寺。」
	閬州西寺	閬州	《答微之》：「微之於閬州西寺手題予詩予又以微之百篇題此屏上各以絕句相報答。」
	興果寺	江州	《唐江州興果寺律大德湊公塔碣銘》
元和十三年（818）	東林寺	江州廬山	《晚題東林寺雙池》、《唐撫州景雲寺故律大德上弘和尚石塔碑銘》：「遷化於東林精舍。」
	遺愛寺	江州廬山	《題遺愛寺前溪松》
	章敬寺	長安城東	《夢亡友劉太白同遊章敬寺》
	龍興寺	洪州	《唐撫州景雲寺故律大德上弘和尚石塔碑銘》：「修道應無所住，故貞元初離我我所，徙居洪州龍興寺說法。」

	景雲寺	臨川縣城北	《唐撫州景雲寺故律大德上弘和尚石塔碑銘》
元和十四年（819）	安國寺	長安朱雀門街東第四街長樂坊	《傳法堂碑》：「憲宗章武皇帝召見於安國寺。」
	龍昌寺	忠州臨江縣	《龍昌寺荷池》
	興善寺	長安靖恭坊	《傳法堂碑》：「王城離域有佛寺，號興善。寺之坎地有僧舍，名傳法堂。」
	天宮寺	洛陽城內天津橋南	《傳法堂碑》：「二十一年，作有為功德於衛國寺。明年，施無為功德於天宮寺。」
	衛國寺	一說在洛陽宣風坊；一說在殖業坊；一說在宣教坊	《傳法堂碑》：「二十一年，作有為功德於衛國寺。明年，施無為功德於天宮寺。」
	仙遊寺	盩厔城南仙遊山	《寄王質夫》：「春尋仙遊洞，秋上雲居閣。」
元和十五年（820）	仙遊寺	盩厔城南仙遊山	《哭王質夫》：「仙遊寺前別，別來十年餘。」
	開元寺	忠州	《開元寺東池早春》、《留題開元寺上方》
	龍昌寺	忠州臨江縣	《登龍昌上寺望江南山懷錢舍人》、《代州民問》：「龍昌寺底開山路。」
	黃牛山寺	黃牛山	《發白狗峽次黃牛峽登高寺卻望忠州》
長慶元年（821）	青龍寺	長安朱雀門街東第五街新昌坊	《新昌新居書事四十韻因寄元郎中張博士》：「丹鳳樓當後，青龍寺在前。」
	東西二林寺	江州廬山	《春憶二林寺舊遊因寄朗滿晦三上人》
	慈恩寺	長安朱雀門街第三街晉昌坊	《慈恩寺有感》
	清源寺（又名輞川寺）	藍田縣南輞谷	《竹窗》：「常愛輞川寺，竹窗東北廊。」

長慶二年（822）	清源寺	藍田縣南輞谷	《宿清源寺》
	紫霞精舍	不詳	《過紫霞蘭若》
	龍花寺	長安曲江之北	《龍花寺主家小尼》
	吉祥寺	鍾祥縣東三里	《吉祥寺見錢侍郎題名》
長慶二年（822）至長慶三年（823）	天竺寺	杭州錢塘縣西一十七里	《畫竹歌》：「省向天竺寺前石上見。」
長慶三年（823）	天竺寺	杭州錢塘縣西一十七里	《天竺寺七葉堂避暑》
	靈隱寺	杭州武林山東	《題靈隱寺紅辛夷花戲酬光上人》
	孤山寺	杭州西湖邊孤山上	《西湖晚歸，回望孤山寺，贈諸客》、《錢塘湖春行》、《題孤山寺山石榴花示諸僧眾》、《孤山寺遇雨》、《杭州春望》：「誰開湖寺西南路。」
長慶四年（824）	天竺寺	杭州錢塘縣西一十七里	《天竺寺送堅上人歸廬山》、《留題天竺靈隱兩寺》、《答微之見寄》：「禹廟未勝天竺寺。」《三年為刺史二首》其二：「唯向天竺山，取得兩片石。」
	靈隱寺	杭州武林山東	《留題天竺靈隱兩寺》
	招賢寺	西湖之北葛嶺	《紫陽花》：「招賢寺有山花一樹，無人知名，色紫氣香，芳麗可愛，頗類仙物，因以紫陽花名之。」
寶曆元年（825）	天竺寺	杭州錢塘縣西一十七里	《東城桂三首》其一：「子墮本從天竺寺，根盤今在闔閭城。」
	聖善寺	洛陽	《如信大師功德幢記》：「有唐東都臨壇開法大師，長慶四年二月十三日，終於聖善寺華嚴院。」

	奉先寺	洛陽龍門	《如信大師功德幢記》：「寶曆元年某月某日，遷葬於奉先寺。」
	虎丘寺（又名武丘寺）	蘇州虎丘山	《登閶門閒望》：「雲埋虎寺山藏色。」《自到郡齋僅經旬日方專公務未及宴遊偷閒走筆題二十四韻兼寄常州賈舍人湖州崔郎中仍呈吳中諸客》：「武寺山如故。」《題籠鶴》：「虎丘慚客問。」
寶曆元年（825）至寶曆二年（826）	虎丘寺	蘇州虎丘山	《真娘墓》：「真娘墓，虎丘道。」
寶曆二年（826）	靈巖寺	蘇州	《題靈巖寺》、《宿靈巖寺上院》、《靈巖寺》
	龍興寺	杭州	《華嚴經社石記》：「有杭州龍興寺僧南操⋯⋯。」白居易為龍興寺華嚴經柱撰文之事見《輿地碑目記》卷一《臨安府碑記》，碑記載：「龍興寺華嚴經柱石記。寶曆三年九月二十五日，蘇州刺史白居易撰，寺僧南操立。」
	靈隱寺	杭州武林山東	《華嚴經社石記》：「請靈隱寺僧道峰講《大方廣佛華嚴經》。」
	報恩寺	蘇州支硎山	《題報恩寺》
	虎丘寺	蘇州虎丘山	《武丘寺路宴留別諸妓》、《武丘寺路》、《夜遊西武丘寺八韻》、《題東武丘寺六韻》、《重答和劉和州》：「月下僧留宿劍池。」自注：「淬劍池在武丘東寺也。」
	思益寺	蘇州岧嶢山	《自思益寺次楞伽寺作》
	楞伽寺	蘇州橫山下	《自思益寺次楞伽寺作》
	棲靈寺（即大明寺）	揚州府西北五里	《與夢得同登棲靈塔》
大和元年（827）	普濟寺	長安朱雀門街之東第五街曲江之南	《題道宗上人十韻》：「普濟寺律大德宗上人法堂中⋯⋯。」
	安國寺	長安朱雀門街東第四街長樂坊	《三教論衡》：「安國寺賜紫引駕沙門義林。」

	玉泉寺（初名塗山寺）	藍田	《塗山寺獨遊》
	圓光寺	終南山，位於觀音臺與靈應臺之間	《登觀音臺望城》、《登靈應臺北望》
大和二年（828）	龍門寺	洛陽龍門山	《龍門下作》
	虎丘寺	蘇州虎丘山	《和三月三十日四十韻》：「虎丘時遊預。」
大和三年（829）	重玄寺	蘇州長洲縣衙附近	《蘇州重玄寺法華院石壁經碑文》、《想東遊五十韻》「梵塔形疑踴。」自注：「重玄閣。」
	普濟寺	長安朱雀門街之東第五街曲江之南	《祭中書韋相公文》：「長慶初，俱為中書舍人日，尋詣普濟寺宗律師所，同受八戒，各持十齋。」
	天竺寺	杭州錢塘縣西一十七里	《想東遊五十韻》：「泉石諳天竺，煙霞識虎丘。」
	虎丘寺	蘇州虎丘山	《想東遊五十韻》：「泉石諳天竺，煙霞識虎丘。」
大和四年（830）	玉泉寺	洛陽	《獨遊玉泉寺》、《夜題玉泉寺》、《閒吟二首》其二：「明朝向玉泉。」
	青龍寺	長安朱雀門街東第五街新昌坊	《新雪二首》其二：「不憶青龍寺後鐘。」
	香山寺	洛陽龍門	《香山寺石樓潭夜浴》
	天宮寺	洛陽城內天津橋南	《登天宮閣》
大和五年（831）	香山寺	洛陽龍門	《晚歸香山寺因詠所懷》
	福先寺	洛陽	《福先寺雪中餞劉蘇州》
	長壽寺	洛陽長夏門之東第四街第二坊履道坊	《贈僧五首》其五《清閒上人》：「自蜀入洛，於長壽寺說法度人。」

大和六年（832）	香山寺	洛陽龍門	《修香山寺記》、《重修香山寺畢題二十二韻以紀之》、《舒員外遊香山寺數日不歸兼辱尺書大誇勝事時正值坐衙慮因之際走筆題長句以贈之》、《初入香山院對月》
	虎丘寺	蘇州虎丘山	《憶舊遊》：「虎丘夜色為誰好。」
	沃洲山禪院	剡縣	《沃洲山禪院記》
	天宮寺	洛陽城內天津橋南	《天宮閣早春》
	龍興寺	洛陽城內寧仁坊	《南龍興寺殘雪》
	法王寺	登封嵩山玉柱峰下	《夜從法王寺下歸嶽寺》
	嵩嶽寺	登封城北太室山下	《夜從法王寺下歸嶽寺》
	龍潭寺	登封縣東北二十五里	《從龍潭寺至少林寺題贈同遊者》、《宿龍潭寺》
	少林寺	登封縣西少室山北麓	《從龍潭寺至少林寺題贈同遊者》
大和七年（833）	香山寺	洛陽龍門	《香山寺二絕》
	草堂寺	長安終南山	《贈草堂宗密上人》
大和八年（834）	天竺寺	洛陽龍門	《宿天竺寺回》
	天竺寺	杭州錢塘縣西一十七里	《奉酬侍中夏中雨後遊城南莊見示八韻》：「化成天竺寺，移得子陵灘。」
	玉泉寺	洛陽	《玉泉寺南三里澗下多深紅躑躅繁豔殊常感惜題詩以示遊者》
	菩提寺	洛陽龍門西山慕義里	《菩提寺上方晚眺》、《菩提寺上方晚望香山寺寄舒員外》
	香山寺	洛陽龍門	《菩提寺上方晚望香山寺寄舒員外》、《喜閒》：「悔不宿香山。」
	天宮寺	洛陽城內天津橋南	《早秋登天宮寺閣贈諸客》

	開元寺	泗州	《大唐泗州開元寺臨壇律德徐泗濠三州僧正明遠大師塔碑銘》
	長壽寺	洛陽長夏門之東第四街第二坊履道坊	《畫彌勒上生幀贊》：「南贍部州大唐國東都城長壽寺大苾芻道崇、存一、惠恭等六十人……」
大和九年（835）	天宮寺	洛陽城內天津橋南	《和皇甫郎中秋曉同登天宮閣言懷六韻》
	龍興寺	洛陽城內寧仁坊	《送張常侍西歸》：「南龍興寺立踟躕。」
	天竺寺	杭州錢塘縣西一十七里	《送姚杭州赴任因思舊遊二首》其二：「靜逢竺寺猿偷橘。」
	東林寺	江州廬山	《東林寺白氏文集記》
	香山寺	洛陽龍門	《宿香山寺酬廣陵牛相公見寄》、《九年十一月二十一日感事而作》，題注：「其日獨遊香山寺。」
開成元年（836）	天竺寺	洛陽龍門	《題天竺南院贈閒振元旻四上人》
	聖善寺	洛陽	《東都十律大德長聖善寺缽塔院主智如和尚茶毗幢記》、《聖善寺白氏文集記》
	香山寺	洛陽龍門	《香山避暑二絕》
	昭成寺	洛陽道光坊	《東都十律大德長聖善寺缽塔院主智如和尚茶毗幢記》：「貞元中，寺舉省選，累補昭成、敬愛等五寺開法臨壇大德。」
	敬愛寺	洛陽懷仁坊	《東都十律大德長聖善寺缽塔院主智如和尚茶毗幢記》：「貞元中，寺舉省選，累補昭成、敬愛等五寺開法臨壇大德。」
	奉先寺	洛陽龍門	《東都十律大德長聖善寺缽塔院主智如和尚茶毗幢記》：「又明年某月某日，用闍維法遷祔於奉先寺祖師塔西而建幢焉。」
開成二年（837）	南禪院	蘇州	《蘇州南禪院千佛堂轉輪經藏石記》
	妙喜寺	湖州烏程縣	《蘇州南禪院千佛堂轉輪經藏石記》：「宜請有福智僧、越之妙喜寺長老元遂禪師為之主……」

開成三年（838）	天竺寺	杭州錢塘縣西一十七里	《憶江南詞三首》其二：「山寺月中尋桂子。」
	乾元寺	洛陽龍門山	《春日題乾元寺上方最高峰亭》
	香山寺	洛陽龍門	《奉和裴令公三月上巳日遊太原龍泉憶去歲禊洛見示之作》：「獨立香山下頭。」自注：「時居易獨遊香山寺。」《遊平泉宴浥澗宿香山石樓贈座客》
	兜率寺	梓州	《寒食日寄楊東川》：「兜率寺高宜望月，嘉陵江近好遊春。」
	天宮寺	洛陽城內天津橋南	《天宮閣秋晴晚望》
開成四年（839）	天宮寺	洛陽城內天津橋南	《早春獨登天宮閣》
	聖善寺	洛陽	《蘇州南禪院白氏文集記》：「一本置於東都聖善寺缽塔院律庫中，一本置於廬山東林寺經藏中，一本置於蘇州南禪院千佛堂內。」
	東林寺	江州廬山	同上
	南禪院	蘇州	同上
開成五年（840）	香山寺	洛陽龍門	《香山寺新修經藏堂記》、《題香山新經堂招僧》、《五年秋病後獨宿香山寺三絕句》、《香山寺白氏洛中集記》
	東西二林寺	江州廬山	《寄題廬山舊草堂兼呈二林寺道侶》
	龍門寺	洛陽龍門山	《五年秋病後獨宿香山寺三絕句》其一：「經年不到龍門寺，今夜何人知我情？」
	寶應寺	洛陽	《唐東都奉國寺禪德大師照公塔銘》：「卜兆於寶應寺菏澤祖師塔東若干步……」
	奉國寺	洛陽城內行修坊	《唐東都奉國寺禪德大師照公塔銘》
會昌二年（842）	豐樂寺	嵩山	《遊豐樂招提佛光三寺》
	招提寺	緱氏縣	《遊豐樂招提佛光三寺》
	佛光寺	嵩山	《遊豐樂招提佛光三寺》
	東林寺	江州廬山	《送後集往廬山東林寺兼寄雲皋上人》

會昌四年 （844）	龍門寺	洛陽龍門山	《開龍門八節石灘詩二首》
	香山寺	洛陽龍門	《狂吟七言十四韻》：「香山閒宿一千夜。」
會昌五年 （845）	東林寺	江州廬山	《白氏文集後序》：「白氏前著《長慶集》五十卷，元微之為序。《後集》二十卷，自為序。今又《續後集》五卷，自為記。前後七十五卷，詩筆大小凡三千八百四十首。集有五本：一本在廬山東林寺經藏院，一本在蘇州南禪寺經藏內，一本在東都聖善寺鉢塔院律庫樓，一本付侄龜郎，一本付外孫談閣童，各藏於家，傳於後。」
	南禪院	蘇州	同上
	聖善寺	洛陽	同上
不詳	仙遊寺	盩厔城南仙遊山	《禁中寓直夢遊仙遊寺》
不詳	西明寺	長安朱雀門街西第三街延康坊西南隅	《牡丹芳》：「西明寺深開北廊。」
不詳	雲居寺	長安城南終南山	《雲居寺孤桐》
不詳	慈恩寺	長安朱雀門街第三街晉昌坊	句：「也向慈恩寺裏遊。」
不詳	天竺寺或寶應寺或東林寺〔註2〕	杭州或撫州或江州	《翻經臺》

〔註2〕關於翻經臺屬於哪個寺廟，歷史上有一些爭議。一說為天竺靈山教寺，《咸淳臨安志》卷八十下《天竺靈山教寺》：「翻經臺，謝靈運於此與僧將北本《涅槃經》翻為南本。」一說為寶應寺，《天下金石志・撫州府》：「唐寶應寺碑記，白居易撰。寺有『翻經臺』三字，為謝靈運翻大涅槃經處。」一說為東林寺，《廬山記》卷二：「神運殿之後有白蓮池，昔謝靈運恃才傲物，少所推重，一見遠公，肅然心服，乃即寺翻《涅槃經》。因鑿池為臺，植白蓮池中，名其臺曰翻經臺，今白蓮亭即其故地。」

不詳	東山寺	湖北黃梅縣東山	《東山寺》
不詳	橫龍寺	湖南衡陽衡山	《遊橫龍寺》
不詳	雲門寺	會稽雲門山	《宿雲門寺》
不詳	天衣寺	紹興府山陰縣	《題法華山天衣寺》
不詳	精舍寺	湖州歸安縣上強山	《寄題上強山精舍寺》
不詳	遺愛寺	江州廬山	《重題》其三：「遺愛寺鐘欹枕聽，香爐峰雪撥簾看。」

附錄四：白居易禪淨兩宗作品創作繫年表

時間	有關禪宗作品	有關淨土宗作品	有關禪淨兩宗作品
貞元十六年（800）至貞元十七年（801）	《題施山人野居》		
貞元二十年（804）	《八漸偈》		
元和五年（810）	《酬錢員外雪中見寄》		
元和六年（811）	《春眠》、《送兄弟回雪夜》		
元和九年（814）	《渭村退居寄禮部崔侍郎翰林錢舍人詩一百韻》、《冬夜》、《夢裴相公》		
元和十年（815）	《贈杓直》、《自誨》、《夢舊》、《恒寂師》、《強酒》、《歲暮道情二首》、《罷藥》、《晏坐閒吟》、《朝歸書事寄元八》	《放旅雁》、《東林寺白蓮》	

元和十一年（816）	《答戶部崔侍郎書》、《晚春登大雲寺南樓贈常禪師》、《寄李相公崔侍郎錢舍人》	《放魚》	《宿西林寺早赴東林滿上人之會因寄崔二十二員外》
元和十一年（816）至元和十二年（817）	《睡起晏坐》	《遊石門澗》	
元和十二年（817）	《閉關》、《江樓夜吟元九律詩成三十韻》、《閒吟》	《興果上人歿時題此訣別兼簡二林僧社》	《臨水坐》、《唐江州興果寺律大德湊公塔碣銘》、《正月十五日夜東林寺學禪偶懷藍田楊六主簿因呈智禪師》、《遊大林寺序》、《讀靈澈詩》
元和十二年（817）至元和十三年（818）		《贖雞》	
元和十三年（818）	《答元八郎中楊十二博士》、《題遺愛寺前溪松》		
元和十四年（819）	《傳法堂碑》、《負冬日》		《郡齋暇日憶廬山草堂兼寄二林僧社三十韻多敘貶官已來出處之意》
元和十五年（820）	《臥小齋》、《委順》		
長慶二年（822）	《清調吟》、《詠懷》（昔為鳳閣郎）	《衰病》（老與病相仍）	
長慶三年（823）以前		《繡阿彌陀佛贊》、《繡觀音菩薩像贊》	
長慶三年（823）		《官舍》	
長慶四年（824）	《味道》、《紫陽花》、《遠師》、《問遠師》		

寶曆元年（825）	《如信大師功德幢記》		
寶曆二年（826）	《感悟妄緣題如上人壁》、《江上對酒二首》其一、《答次休上人》、《自思益寺次楞伽寺作》	《仲夏齋居偶題八韻寄微之及崔湖州》	
寶曆二年（826）至大和元年（827）	《有感三首》其三		
大和元年（827）	《閒詠》、《與僧智如夜話》		
大和二年（828）	《戊申歲暮詠懷三首》其一、《齋月靜居》	《祭中書韋相公文》	
大和三年（829）	《和微之詩二十三首‧和知非》		
大和四年（830）	《思往喜今》、《秋遊平泉贈韋處士閒禪師》、《秋池》、《偶吟二首》其一、《對小潭寄遠上人》		《晚起》
大和五年（831）	《贈僧五首》其一《鉢塔院如大師》、《贈僧五首》其三《自遠禪師》、《贈僧五首》其四《宗實上人》、《贈僧五首》其五《清閒上人》、		《贈僧五首》其二《神照上人》
大和六年（832）	《睡覺》		《重修香山寺畢題二十二韻以紀之》、《修香山寺記》
大和七年（833）	《喜照密閒實四上人見過》、《贈草堂宗密上人》、《自詠》（白衣居士紫芝仙）		

大和八年（834）	《神照禪師同宿》、《送宗實上人遊江南》、《拜表回閒遊》、《早服雲母散》	《畫彌勒上生幀贊》	
大和九年（835）	《宿香山寺酬廣陵牛相公見寄》、《磐石銘》		
開成元年（836）	《題天竺南院贈閒振元旻四上人》、《聖善寺白氏文集記》、《香山下卜居》、《東都十律大德長聖善寺鉢塔院主智如和尚茶毗幢記》、《齋戒滿夜戲招夢得》、《偶於維揚牛相公處覓得箏箏未到先寄詩來走筆戲答》		
開成二年（837）	《三適贈道友》		《蘇州南禪院千佛堂轉輪經藏石記》
開成三年（838）	《唐東都奉國寺禪德大師照公塔銘》、《醉吟先生傳》、《酬夢得以予五月長齋延僧徒絕賓友見戲十韻》	《與牛家妓樂雨夜合宴》	
大和二年（828）至開成四年（839）		《繡西方幀贊》	
開成四年（839）	《答閒上人來問因何風疾》、《病中宴坐》		
開成五年（840）	《唐東都奉國寺禪德大師照公塔銘》、《在家出家》	《畫西方幀記》、《畫彌勒上生幀記》	《香山寺新修經藏堂記》
會昌元年（841）	《山下留別佛光和尚》		
會昌二年（842）	《佛光和尚真贊》、《達哉樂天行》、《道場獨坐》、《夏日與閒禪師林下避暑》	《答客說》	

會昌四年（844）		《開龍門八節石灘詩二首》	
會昌四年（844）至會昌五年（845）		《歡喜二偈》	
會昌五年（845）	《九老圖詩》		
不詳	《宿誠禪師山房題贈》		

附錄五：白居易南北宗作品創作繫年表

時　　間	有關南宗禪作品	有關北宗禪作品
貞元十七年（801）前後		
貞元二十年（804）		《八漸偈》
元和五年（810）		《酬錢員外雪中見寄》
元和六年（811）	《春眠》	《送兄弟回雪夜》
元和九年（814）		《夢裴相公》、《渭村退居寄禮部崔侍郎翰林錢舍人詩一百韻》
元和十年（815）	《贈杓直》、《自誨》	《歲暮道情二首》、《夢舊》
元和十一年（816）	《答戶部崔侍郎書》、《晚春登大雲寺南樓贈常禪師》	《寄李相公崔侍郎錢舍人》
元和十二年（817）	《遊大林寺序》、《唐江州興果寺律大德湊公塔碣銘》	《閒吟》
元和十四年（819）	《傳法堂碑》	
元和十五年（820）		《委順》
長慶二年（822）		《詠懷》（昔為鳳閣郎）
長慶四年（824）		

寶曆元年（825）		《如信大師功德幢記》
寶曆二年（826）		《感悟妄緣題如上人壁》
寶曆二年（826）至大和元年（827）	《有感三首》其三	
大和元年（827）		《與僧智如夜話》
大和四年（830）	《秋遊平泉贈韋處士閒禪師》	
大和五年（831）	《贈僧五首》其二《神照上人》、《贈僧五首》其四《宗實上人》、《贈僧五首》其五《清閒上人》	《贈僧五首》其一《鉢塔院如大師》
大和六年（832）	《修香山寺記》：「因請悲智僧清閒主張之。」	《睡覺》
大和七年（833）	《喜照密閒實四上人見過》、《贈草堂宗密上人》	
大和八年（834）	《神照禪師同宿》、《送宗實上人遊江南》	
開成元年（836）	《題天竺南院贈閒振元旻四上人》	《東都十律大德長聖善寺鉢塔院主智如和尚茶毗幢記》、《聖善寺白氏文集記》：「與今長老振大士為香火之社。」
開成三年（838）	《唐東都奉國寺禪德大師照公塔銘》、《醉吟先生傳》：「與嵩山僧如滿為空門友。」	
開成四年（839）	《答閒上人來問因何風疾》	
開成五年（840）	《香山寺新修經藏堂記》：「與閒、振、源、濟、釗、操、州、暢八長老，及比丘眾百二十人圍繞讚歎之。」	
會昌元年（841）	《山下留別佛光和尚》	
會昌二年（842）	《夏日與閒禪師林下避暑》、《佛光和尚真贊》	
會昌五年（845）	《九老圖詩》	

參考文獻

壹、佛教經籍（按拼音排序）

A

1. 《阿毘達磨法蘊足論》，尊者大目乾連造，（唐）玄奘譯，《大正藏》卷二十六，臺北：佛陀教育基金會出版部，1990 年。

B

1. 《般泥洹經》，《大正藏》卷一，臺北：佛陀教育基金會出版部，1990 年。

2. 《般舟三昧經》，吳立民，徐孫銘釋譯，臺北：東方出版社，2015 年。

C

1. 《禪源諸詮集都序》，（唐）宗密述，《大正藏》卷四十八，臺北：佛陀教育基金會出版部，1990 年。

2. 《出曜經》，（後秦）竺佛念譯，《大正藏》卷四，臺北：佛陀教育基金會出版部，1990 年。

3. 《傳法正宗記》，（宋）釋契嵩撰，藍吉富主編：《禪宗全書》第 3 冊，北京：北京圖書館出版社，2004 年。

D

1. 《大寶積經》，（隋）闍那崛多譯，《大正藏》卷十一，臺北：佛

陀教育基金會出版部，1990 年。

2. 《大般若波羅蜜多經》，（唐）玄奘譯，《大正藏》卷七，臺北：佛陀教育基金會出版部，1990 年。

3. 《大乘無生方便門》，《大正藏》卷八十五，臺北：佛陀教育基金會出版部，1990 年。

4. 《大法炬陀羅尼經》，（隋）闍那崛多等譯，《大正藏》卷二十一，臺北：佛陀教育基金會出版部，1990 年。

5. 《大方廣佛華嚴經》，（東晉）佛陀跋陀羅譯，《大正藏》卷九，臺北：佛陀教育基金會出版部，1990 年。

6. 《達摩多羅禪經》，（東晉）佛陀跋陀羅譯，《大正藏》卷十五，臺北：佛陀教育基金會出版部，1990 年。

7. 《大智度論》，（印度）龍樹菩薩造，（後秦）鳩摩羅什譯，王孺童點校，北京：宗教文化出版社，2014 年。

8. 《大珠禪師語錄》，藍吉富主編：《禪宗全書》第 39 冊，北京：北京圖書館出版社，2004 年。

9. 《敦煌新本‧六祖壇經》，楊曾文校寫，北京：宗教文化出版社，2011 年。

F

1. 《法句經》，法救撰，（吳）維祇難等譯，《大正藏》卷四，臺北：佛陀教育基金會出版部，1990 年。

2. 《法藏碎金錄》，（宋）晁迥，《景印文淵閣四庫全書》第 1052 冊，臺北：臺灣商務印書館，1983 年。

3. 《佛本行經》，（劉宋）釋寶雲譯，《大正藏》卷四，臺北：佛陀教育基金會出版部，1990 年。

4. 《佛教十三經‧維摩詰經》，賴永海主編，賴永海、高永旺譯注，北京：中華書局，2013 年。

5. 《佛教十三經‧楞伽經》，賴永海主編，賴永海、劉丹譯注，北京：中華書局，2013 年。

6. 《佛教十三經‧楞嚴經》，賴永海主編，劉鹿鳴譯注，北京：中華書局，2013 年。

7. 《佛教十三經‧法華經》，賴永海主編，王彬譯注，北京：中華書局，2013 年。

8. 《佛教十三經・金剛經》，賴永海主編，陳秋平、尚榮譯注，北京：中華書局，2013 年。

9. 《佛教十三經・壇經》，賴永海主編，陳秋平等譯注，北京：中華書局，2013 年。

10. 《佛說大般泥洹經》，（東晉）法顯譯：《大正藏》卷十二，臺北：佛陀教育基金會出版部，1990 年。

11. 《佛說佛名經》，《大正藏》卷十四，臺北：佛陀教育基金會出版部，1990 年。

12. 《佛說觀彌勒菩薩上生兜率天經》，（劉宋）沮渠京聲譯，《大正藏》卷十四，臺北：佛陀教育基金會出版部，1990 年。

13. 《佛說解憂經》，（宋）法天譯，《大正藏》卷十七，臺北：佛陀教育基金會出版部，1990 年。

14. 《佛說菩薩修行經》，（西晉）白法祖譯，《大正藏》卷十二，臺北：佛陀教育基金會出版部，1990 年。

15. 《佛說十二頭陀經》，（劉宋）求那跋陀羅譯，《大正藏》卷十七，臺北：佛陀教育基金會出版部，1990 年。

16. 《佛說未曾有因緣經》，（南齊）曇景譯，《大正藏》卷十七，臺北：佛陀教育基金會出版部，1990 年。

17. 《佛說月上女經》，（隋）闍那崛多譯，《大正藏》卷十四，臺北：佛陀教育基金會出版部，1990 年。

18. 《佛所行贊》，馬鳴菩薩造，（北涼）曇無讖譯，《大正藏》卷四，臺北：佛陀教育基金會出版部，1990 年。

19. 《佛為心王菩薩說頭陀經》，方廣錩主編，《藏外佛教文獻》第 1 輯，北京：宗教文化出版社，1995 年。

G

1. 《宋高僧傳》，（宋）贊寧撰，范祥雍點校，北京：中華書局，1987 年。

2. 《根本說一切有部毘奈耶頌》，毘舍佉造，（唐）義淨譯，《大正藏》卷二十四，臺北：佛陀教育基金會出版部，1990 年。

3. 《根本說一切有部毘奈耶雜事》，（唐）義淨譯，《大正藏》卷二十四，臺北：佛陀教育基金會出版部，1990 年。

4. 《古尊宿語錄》，（宋）賾藏主編，藍吉富主編：《禪宗全書》第 43 冊，北京：北京圖書館出版社，2004 年。

5. 《觀心論》（伯 4646），《敦煌寶藏》第 134 冊，臺北：新文豐出版公司，1986 年。

6. 《廣弘明集》，（唐）釋道宣，《大正藏》卷五十二，臺北：佛陀教育基金會出版部，1990 年。

7. 《過去現在因果經》，（劉宋）求那跋陀羅譯，《大正藏》卷三，臺北：佛陀教育基金會出版部，1990 年。

H

1. 《華嚴經》，（唐）實叉難陀編譯，宗文點校，北京：宗教文化出版社，2011 年。

J

1. 《金剛經集注》，（明）朱棣，上海：上海古籍出版社，1984 年。

2. 《景德傳燈錄》，（宋）釋道原，藍吉富主編：《禪宗全書》第 2 冊，北京：北京圖書館出版社，2004 年。

L

1. 《楞伽阿跋多羅寶經》，（劉宋）求那跋陀羅譯，《大正藏》卷十六，臺北：佛陀教育基金會出版部，1990 年。

2. 《楞伽師資記》，（唐）淨覺，藍吉富主編：《禪宗全書》第 1 冊，北京：北京圖書館出版社，2004 年。

3. 《蓮池大師全集》，（明）雲棲袾宏撰，明學主編，上海：上海古籍出版社，2011 年。

4. 《六地藏寺善本叢刊》，《中世國語資料》，東京：汲古書院，1985 年。

M

1. 《妙法聖念處經》，（宋）法天譯，《大正藏》卷十七，臺北：佛陀教育基金會出版部，1990 年。

N

1. 《涅槃經》，宗文點校，北京：宗教文化出版社，2011 年。

S

1. 《舍利弗阿毘曇論》，（後秦）曇摩耶舍共曇摩崛多等譯，《大正

藏》卷二十八，臺北：佛陀教育基金會出版部，1990 年。

2. 《神會和尚禪話錄》，楊曾文編校，北京：中華書局，1996 年。

3. 《四家語錄》，藍吉富主編：《禪宗全書》第 39 冊，北京：北京圖書館出版社，2004 年。

T

1. 《〈壇經〉諸本集成》，王孺童編校，北京：宗教文化出版社，2014 年。

2. 《壇經四古本》，江泓、夏志前點校，廣州：羊城晚報出版社，2011 年。

W

1. 《五燈會元》，（宋）釋普濟撰，蘇淵雷點校，北京：中華書局，1984 年。

X

1. 《修習止觀坐禪法要》，（隋）智顗，《大正藏》卷四十六，臺北：佛陀教育基金會出版部，1990 年。

2. 《修行道地經》，（西晉）竺法護譯，《大正藏》卷十五，臺北：佛陀教育基金會出版部，1990 年。

3. 《續高僧傳》，（唐）道宣撰，郭紹林點校，北京：中華書局，2014 年。

Y

1. 《瑜伽師地論》，（印）彌勒論師著，（唐）玄奘法師譯，北京：宗教文化出版社，2008 年。

2. 《原人論》，（唐）宗密述，《大正藏》卷四十五，臺北：佛陀教育基金會出版部，1990 年。

Z

1. 《雜阿含經》，宗文點校，北京：宗教文化出版社，2011 年。

2. 《正法念處經》，（元魏）瞿曇般若流支譯，《大正藏》卷十七，臺北：佛陀教育基金會出版部，1990 年。

3. 《中阿含經》，宗文點校，北京：宗教文化出版社，2012 年。

4. 《中論・百論・十二門論》，（隋）吉藏疏，上海：上海古籍出版

社，2011 年。

5. 《諸上善人詠》，（明）道衍，《續藏經》第 135 冊，臺北：新文豐出版公司，1976 年。

6. 《祖堂集》，（南唐）靜、筠禪僧編，藍吉富主編：《禪宗全書》第 1 冊，北京：北京圖書館出版社，2004 年。

7. 《坐禪三昧經》，（後秦）鳩摩羅什譯，《大正藏》卷十五，臺北：佛陀教育基金會出版部，1990 年。

貳、其他典籍（按時間排序）

一、經部

1. 程樹德撰，程俊英、蔣見元點校：《論語集釋》，北京：中華書局，2017 年。

2. 胡平生、張萌譯注：《禮記》，北京：中華書局，2017 年。

二、史部

1. 《萬曆錢唐縣志》，清光緒十九年刊本，明萬曆十七年（1589）修。

2. （後晉）劉昫等：《舊唐書》，北京：中華書局，1975 年。

3. （宋）歐陽修、宋祁：《新唐書》，北京：中華書局，1975 年。

4. （宋）龔明之：《中吳紀聞》，《景印文淵閣四庫全書》第 589 冊，臺北：臺灣商務印書館，1983 年。

5. （明）曹學佺著，劉知漸點校：《蜀中名勝記》，重慶：重慶出版社，1984 年。

6. （宋）司馬光編著：《資治通鑒》，北京：中華書局，2007 年。

7. （宋）王象之輯：《輿地碑記目》，《地方金石志彙編》第 79 冊，北京：國家圖書館出版社，2011 年。

8. 牛繼清校證：《唐會要校證》，西安：三秦出版社，2012 年。

9. （宋）潛說友：《咸淳臨安志》，杭州：浙江古籍出版社，2012 年。

三、子部

1. （清）陸繼輅：《合肥學舍箚記》，興國州署清光緒四年（1878）刻本。

2. （五代）王定保：《唐摭言》，北京：古典文學出版社，1957 年。

3. （清）郭慶藩撰，王孝魚點校：《莊子集釋》，北京：中華書局，1961 年。

4. （漢）桓譚：《新論》，上海：上海人民出版社，1977 年。

5. （宋）朱長文：《琴史》，《景印文淵閣四庫全書》第 839 冊，臺北：臺灣商務印書館，1983 年。

6. （清）張照、梁詩正：《秘殿珠林》，《景印文淵閣四庫全書》第 823 冊，臺北：臺灣商務印書館，1983 年。

7. 王利器：《新語校注》，北京：中華書局，1986 年。

8. （宋）姚寬、陸游撰，孔凡禮點校：《西溪叢語・家世舊聞》，北京：中華書局，1993 年。

9. （宋）洪邁撰，孔凡禮點校：《容齋隨筆》，北京：中華書局，2005 年。

10. （宋）李昉編纂：《太平廣記》，北京：國家圖書館出版社，2009 年。

11. （明）袁均哲：《太音大全集》，中國藝術研究院音樂研究所、北京古琴研究會編《琴曲集成》第 1 冊，北京：中華書局，2010 年。

12. （明）蔣克謙：《琴書大全》，中國藝術研究院音樂研究所、北京古琴研究會編《琴曲集成》第 5 冊，北京：中華書局，2010 年。

13. 編者未詳：《太古遺音》，中國藝術研究院音樂研究所、北京古琴研究會編：《琴曲集成》第 1 冊，北京：中華書局，2010 年。

四、集部

（一）總集類

1. （清）彭定求等編：《全唐詩》，北京：中華書局，1960 年。

2. （清）沈德潛選注：《唐詩別裁》，北京：中華書局，1964 年。

3. （清）董誥等：《全唐文》，上海：上海古籍出版社，1990 年。

4. （明）唐汝詢編選，王振漢點校：《唐詩解》，保定：河北大學出版社，2001 年。

5. （宋）李昉：《文苑英華》，北京：中華書局，1966 年。

（二）別集類

1. （唐）柳宗元：《柳河東集》，北京：中華書局，1958 年。

2. （宋）林景熙：《霽山集》，北京：中華書局，1960 年。

3. （明）李贄：《焚書》，北京：中華書局，1961 年。

4. （唐）白居易著，朱金城箋校：《白居易集箋校》，上海：上海古籍出版社，1988 年。

5. （宋）蘇轍著，陳宏天、高秀芳點校：《蘇轍集》，北京：中華書局，1990 年。

6. （金）元好問著，姚奠中主編：《元好問全集》，太原：山西人民出版社，1990 年。

7. （唐）段成式著，元鋒注，煙照編注：《段成式詩文輯注》，濟南：濟南出版社，1995 年。

8. （宋）周必大：《省齋文槀》，《叢書集成三編》第 46 冊，臺北：新文豐出版公司，1999 年。

9. （宋）歐陽修：《歐陽修全集》，北京：中華書局，2001 年。

10. （唐）白居易著，謝思煒校注：《白居易詩集校注》，北京：中華書局，2006 年。

11. （唐）杜牧著，陳允吉校點：《樊川文集》，上海：上海古籍出版社，2009 年。

12. （唐）白居易著，謝思煒校注：《白居易文集校注》，北京：中華書局，2011 年。

13. （宋）蘇軾著，張志烈、馬德富、周裕鍇主編：《蘇軾全集校注》，石家莊：河北人民出版社，2012 年。

14. （明）屠隆著，汪超宏主編：《屠隆集》，杭州：浙江古籍出版社，2012 年。

15. （清）查慎行著，范道濟點校：《查慎行全集》第 18 冊，北京：中華書局，2017 年。

（三）詩話類

1. （宋）張戒：《歲寒堂詩話》，丁保福輯：《歷代詩話續編》，北京：中華書局，1983 年。

2. （唐）孟棨：《本事詩》，丁保福輯：《歷代詩話續編》，北京：中華書局，1983 年。

3. （明）瞿祐：《歸田詩話》，丁保福輯：《歷代詩話續編》，北京：中華書局，1983 年。

4. （清）洪亮吉：《北江詩話》，北京：人民文學出版社，1983 年。

5. （清）賀貽孫：《詩筏》，郭紹虞編選，富壽蓀校點：《清詩話續編》，上海：上海古籍出版社，1983 年。

6. （宋）阮閱：《詩話總龜後集》，吳文治主編：《宋詩話全編》第 2 冊，南京：江蘇古籍出版社，1998 年版。

7. （清）王士禛著，（清）張宗柟纂集、戴鴻森校點：《帶經堂詩話》卷十三，北京：人民文學出版社，1998 年。

8. （清）趙翼著，江守義、李成玉校注：《甌北詩話校注》，北京：人民文學出版社，2012 年。

（四）戲劇類

1. （明）湯顯祖：《南柯夢記》，北京：人民文學出版社，1981 年。

參、論著與論文（按時間排序）

一、學術論著

1. 劉維崇：《白居易評傳》，臺北：臺灣商務印書館，1974 年。

2. 杜松柏：《禪學與唐宋詩學》，臺北：黎明文化出版社，1976 年。

3. 石俊等：《中國佛教思想資料選編》，北京：中華書局，1981 年。

4. 施鳩堂：《白居易研究》，臺北：天華出版社，1981 年。

5. 張曼濤主編：《現代佛教學術叢刊⑲·佛教與中國文學》，臺北：大乘文化出版社，1981 年。

6. 孫昌武：《唐代文學與佛教》，西安：陝西人民出版社，1985 年。

7. 楊宗瑩：《白居易研究》，臺北：文津出版社，1985 年。

8. 郭紹林：《唐代士大夫與佛教》，開封：河南大學出版社，1987 年。

9. 孫昌武：《佛教與中國文學》，上海：上海人民出版社，1988 年。

10. 蔣述卓：《佛經傳譯與中古文學思潮》，南昌：江西人民出版社，1990 年。

11. 周裕鍇：《中國禪宗與詩歌》，上海：上海人民出版社，1992 年。

12. 孫昌武：《詩與禪》，臺北：東大圖書公司，1994 年。

13. 喬象鍾、陳鐵民：《唐代文學史》，北京：人民文學出版社，1995 年。

14. 孫昌武：《中國文學中的維摩與觀音》，北京：高等教育出版社，

1996 年。

15. 謝思煒：《白居易集綜論》，北京：中國社會科學出版社，1997 年。

16. 《唐代文學研究（第七輯）——中國唐代文學學會第八屆年會暨國際學術討論會文集》，桂林：廣西師範大學出版社，1998 年。

17. 張弘：《迷路心回因向佛——白居易與佛禪》，鄭州：河南人民出版社出版，2001 年。

18. 杜曉勤：《隋唐五代文學研究》，北京：北京出版社，2001 年。

19. 陳引馳：《隋唐佛學與中國文學》，南昌：百花洲文藝出版社，2001 年。

20. 蹇長春：《白居易評傳》，南京：南京大學出版社，2002 年。

21. 羅根澤：《中國文學批評史》，上海：上海書店出版社，2003 年。

22. 孫昌武：《遊學集錄：孫昌武自選集》，天津：南開大學出版社，2004 年。

23. 蕭馳：《佛法與詩境》，北京：中華書局，2005 年。

24. 方立天：《佛教哲學》，北京：中國人民大學出版社，2006 年。

25. 中國社會科學院文學研究所編：《白居易詩評述彙編》，北京：知識產權出版社，2006 年。

26. 葛兆光：《中國思想史》，上海：復旦大學出版社，2007 年。

27. 湯用彤：《隋唐佛教史稿》，武漢：武漢大學出版社，2008 年。

28. 張海沙：《佛教五經與唐宋詩學》，北京：中華書局，2012 年。

29. 王早娟：《唐代長安佛教文學研究》，北京：商務印書館，2013 年。

30. 范煜梅編：《歷代琴學資料選》，成都：四川教育出版社，2013 年。

31. 中國社會科學院考古研究所：《隋唐洛陽城（1959～2001 年考古發掘報告)》，北京：文物出版社，2014 年。

32. 肖偉韜：《白居易詩歌創作考論》，南昌：江西人民出版社，2014 年。

33. 陳寅恪：《元白詩箋證稿》，北京：生活·讀書·新知三聯書店，2015 年。

34. 梁啟超：《佛學研究十八篇》，北京：商務印書館，2017 年。

二、單篇論文

1. 張汝釗：《白居易詩中的佛學思想》，《海潮音》1934 年第 15 卷第

3 期。

2. 陳友琴:《白居易作品中的思想矛盾》,《文學研究集刊》第 4 冊,北京:人民文學出版社,1956 年。

3. 李醒華:《關於白居易與佛道關係的我見》,《學術研究》1982 年第 2 期。

4. 張立名:《白居易與佛道》,《湘潭師範高等專科學校學報》1984 年第 2 期。

5. 陳允吉:《從歡喜國王緣變文看〈長恨歌〉的故事構成》,《復旦學報(社會科學版)》1985 年第 3 期。

6. 寒長春:《關於〈長恨歌〉主題》,《唐代文學研究年鑒 1984》,西安:陝西人民出版社,1985 年。

7. 羅聯添:《白居易與佛道關係重探》,《唐代文學論集》下冊,臺北:臺灣學生書局,1989 年。

8. 汪春泓:《論佛教與梁代宮體詩的產生》,《文學評論》1991 年第 5 期。

9. 謝思煒:《白居易的人生意識與文學實踐》,《中國社會科學》1992 年第 5 期。

10. 范海波:《白居易佛教思想與道家思想的關係》,《殷都學刊》1993 年第 3 期。

11. 尚永亮:《論白居易所受佛老影響及其超越途徑》,《陝西師範大學學報》1993 年第 2 期。

12. 熊小燕:《白居易的中隱理論與禪宗的關係》,《學術論壇》1995 年第 6 期。

13. 廖元中:《白居易與大徹寬禪師》,《浙江佛教》1995 年第 3 期。

14. 蕭麗華:《宴坐寂不動,大千入毫髮——唐人宴坐詩析論》,臺灣唐代學會第三屆國際唐代文學研討會,1996 年 11 月。

15. 孫昌武:《唐長安佛寺考》,《唐研究》卷二,北京:北京大學出版社,1996 年。

16. 王新亞:《白居易的淨土信仰和後期詩風》,《山西大學師範學院學報(哲學社會科學版)》1998 年第 2 期。

17. 馬現誠:《白居易與佛教》,《江漢論壇》1999 年第 2 期。

18. 溫玉成:《白居易故居出土的經幢》,《四川文物》2001 年第 3 期。

19. 李石根:《從白居易的〈廢琴〉詩談起》,《中國音樂》2001 年第

3 期。

20. 苗建華：《古琴美學中的儒道佛思想》，《音樂研究》2002 年第 2 期。

21. 胡遂：《三學兼修話香山──白居易佛學修養初探》，《湖南大學學報（社會科學版）》2002 年第 3 期。

22. 鄧新躍：《白居易閒適詩與禪宗人生境界》，《湘潭師範學院學報》2002 年第 4 期。

23. 張中宇：《新時期〈長恨歌〉主題研究評述》，《南京工業大學學報》2003 年第 3 期。

24. 黃公元：《白居易在杭州的詩佛緣》，《佛學研究》2004 年第 13 期。

25. 劉承華：《文人琴與藝人琴關係的歷史演變──對古琴兩大傳統及其關係的歷史考察》，《中國音樂》2005 年第 2 期。

26. 張中宇：《〈長恨歌〉主題研究綜論》，《文學遺產》2005 年第 3 期。

27. 毛妍君：《白居易閒適詩中的佛教意境》，《中國宗教》2005 年第 6 期。

28. 王振國：《洛陽經幢研究》，《龍門石窟與洛陽佛教文化》，洛陽：中州古籍出版社，2006 年。

29. 簡宗修：《〈白居易集〉中的北宗文獻與北宗禪師》，《佛教研究中心學報》2006 年第 6 期。

30. 胡遂：《從「平常心是道」看白居易的平易淺俗詩風》，《文學評論》2007 年第 1 期。

31. 白高來：《白居易的楞嚴經冊》，《老年教育（書畫藝術）》2008 年第 1 期。

32. 吳光正、何坤翁：《堅守民族本位・走向宗教詩學》，《武漢大學學報（人文科學版）》2009 年第 3 期。

33. 杜學霞：《白居易在洛陽期間的佛教信仰》，《河南科技大學學報》2009 年第 6 期。

34. 馮燦明：《論白居易的文人琴思想》，《湖南省社會主義學院學報》2010 年第 1 期。

35. 徐洪興：《中晚唐的士大夫與淨土宗──以白居易為例》，《佛學研究》2010 年第 19 期。

36. 蕭麗華：《〈中國佛教文學史〉建構方法芻議》，鄭毓瑜主編：《文學典範的建立與轉化》，臺北：臺灣學生書局，2011 年。

37. 吳光正：《宗教文學史：宗教徒創作的文學的歷史》，《武漢大學學報（人文科學版）》2012 年第 2 期，

38. 吳光正：《擴大中國文學版圖・建構中國佛教文學——〈中國佛教文學史〉編撰芻議》，《哈爾濱工業大學學報（社會科學版）》2012 年第 3 期。

39. 趙益：《宗教文學・中國宗教文學史・魏晉南北朝道教文學史——關於「中國宗教文學史」的理論思考與實踐構想》，《哈爾濱工業大學學報（社會科學版）》2012 年第 3 期

40. 金剛師紅、許傑：《白居易漢傳密宗信仰溯源》，《南京曉莊學院學報》2014 年第 1 期。

41. 李舜臣：《中國佛教文學：研究對象・內在理路・評價標準》，《學術交流》2014 年第 8 期。

42. 李小榮：《論中國佛教文學史編撰的原則》，《學術交流》2014 年第 8 期。

43. 許雲和：《六朝釋子創作豔情詩的佛學觀照》，《文藝研究》2016 年第 6 期。

44. 韓建華：《唐東都洛陽履道坊白居易宅院出土經幢研究》，《考古》2017 年第 6 期。

（三）學位論文

1. 韓庭銀：《白居易詩與釋道關係之研究》，臺灣政治大學中國文學研究所碩士論文 1984 年。

2. 俞炳禮：《白居易研究》，臺灣師範大學國文研究所博士論文 1988 年。

後　記

　　我生長於一個溫暖幸福的家庭，我的爺爺奶奶慈祥寬容，爸爸媽媽心腸柔軟，從他們的言傳身教中，我體會到愛的力量是無窮無盡的。

　　攻讀博士學位期間，我住在珞珈山麓，東湖水湄。日月遞嬗，寒暑遷流，珞珈山的靜謐、東湖水的靈動滋養了我，開顯了我的認知與靈感，讓我的感受逐漸豐富敏銳。這山這水還見證了我一切的甘苦，光回影轉，變化密移，日將月就、霞霜異色，我深感人生如曇花朝露，生命恍若逆旅過客。

　　寫作這篇博士畢業論文，我絲毫不覺辛苦，反倒覺得這是我天大的福報，心中無比感恩與珍惜！鑽研佛經與詩歌讓我能夠從煩蕪的生活中暫時抽離，進入一片空靈寧靜的世界。佛教經典，淵遠博大、厚積蘊深，好多次在讀誦佛經時，感到口齒清甜，身體輕安，內心無比靜謐，一切人我是非在那一刻消泯殆盡，我非常享受這種洗沐魂靈的體驗。而詩歌又是這樣美好的事物！詩裏有池塘春草、園柳鳴禽、淡煙修竹寺、疏雨落花村，讓人顧念留連。讀詩能讓人如迷忽覺、如夢忽醒（馬一浮語），並從平庸、浮華與困頓中，醒過來見到自己的真身（葉嘉瑩語）。研讀佛經與詩歌常常讓我豁然開朗，讓我有力量從瑣屑的生活中超拔出來。

　　之所以選擇以白居易作為博士論文的研究對象，與白居易豐富的

人生經歷和圓融的精神氣質不無關係。白居易是一個至情至性之人，他有世俗的一面，也有超脫的一面。從他的詩歌中，我似乎能看到我自己：看到他困頓迷失，我也深感不安；看到他為情所困，我的心也跟著失落悲傷；看到他的慈心日漸增長，我的心量也跟著闊達起來。人多道白居易灑脫，可白居易早年喪父，中年喪母，婚姻不幸，幾度喪子，中年遭貶，病痛不斷啊，這樣一個常人眼中不完美的人卻總說自適、遂性，在他背後有什麼樣的力量支持著他呢？我覺得我必須要去探尋背後的答案，當我看到白居易一遍遍地述說自己所讀的佛經，還有吟哦的很多佛教意象，以及寫出那麼多富含佛教義理的詩作，我知道了，答案就在這裡，是佛法給予了他精神生命的安頓。而我也因為研究白居易，得到了很多智慧，跟隨白居易的腳步，逐漸開闊起來。

承蒙業師吳老師不棄，一步步提攜接引我步入學術之路。吳老師言傳身教，教導我以嚴謹的學術態度，對於我那拙劣的文章，他一次又一次批閱，敦促我修改，他看一遍，我修改一遍，他再看一遍，一篇文章下來，老師至少要改四五遍，他也毫不厭煩。他還從自己的人生經驗出發，無數次告訴我們「興趣之所在，安身立命之所在」，學術之路充滿坎坷，選擇做學問就要能吃苦不怕累。業師的心態以及對待生活的方式也常常啟示著我，他常常告訴我們要破我執，要學會放下，因為他自己就是一個無論經歷了什麼能夠對之一笑，毫無掛礙執著的人。業師對我們學生更是關懷備至，還記得前年，我生完孩子回到學校，老師師母多次光臨寒舍，為我送來小孩的日常用品，考慮到我帶小孩不方便出門，老師師母便親自登門，既瞭解我的生活情況，同時兼顧指導我的論文寫作。我的師母更是經常與我談心，她的溫柔熱誠每每讓處在「壓力山大」之時的我感受到有所依怙。這些我都銘記在心，常懷感激。

我的同門總是在我面臨困境時伸出援手，我們的大師兄王一帆曾無數次為我推介好書，分享他的論文寫作經驗；党曉龍師兄一直以來都慷慨地將他所獲得的學術信息以及資料與我分享，尤其在我生完孩

子常常與外界處於隔絕狀態期間，他都親為傳遞信息，使我不至於陷入孤立無援的境地。

　　我還要感謝星雲大師對本文的資助。2014 年，我非常榮幸地參加了宗教實踐與星雲大師文學創作學術研討會和兩岸文化交流——第一屆博士人間佛教論壇；2015 年，更是萬分榮幸地獲得了人間佛教寫作獎學金。星雲大師勉勵我們青年真是不遺餘力，種種善巧方便，對我們總是關懷備至，每次與會不僅報銷我們的往返車票，還有發稿費，人間佛教寫作獎學金更是花費鉅資來鼓勵我們青年學人。捫心自問，我的學識淺薄如斯，文章稚嫩如斯，實在難登大雅之堂，真的慚愧，真的感恩！

　　我還要感謝我兒櫟桐，今生來做我的寶貝，現在，我家小夥子每天都在用他的成長帶給我驚喜。

　　最後，感謝花木蘭文化事業有限公司編輯楊嘉樂女士對本書出版所給予的支持和幫助。

　　言亦不可盡，情亦不可及！就此停筆，感謝所有寒徹骨的歲月，感謝所有人，祈願大家六時吉祥，身心安穩！

嚴勝英

2020 年仲春於城山下